光文社文庫

文庫書下ろし

駅に泊まろう！
コテージひらふの早春物語

豊田　巧

光　文　社

この作品は光文社文庫のために書下ろされました。

目次

第一章　冬のコテージ比羅夫《ひらふ》

三月上旬、ニュースによると、東京は「少し春めいてきた」とのこと。

だが、北海道は、まだまだ雪の中だ。

私がオーナーを務める「コテージ比羅夫」周辺も真っ白な雪で固まっていて、リビングの薪ストーブの火が絶えることはなかった。

コテージ比羅夫は、比羅夫駅の駅舎を改造したコテージで、ホームでバーベキューをしたり、丸太風呂に入ったりできる、日本でも唯一といっていい不思議な宿。

私、桜岡《さくらおか》美月《みつき》はこのコテージを亡くなったおじいちゃんから相続し、今までいた東京から引っ越して、去年の秋からオーナーをしているのだ。

コテージの一番奥にあるオーナー室にいた私は、スマホに向かって叫んだ。

「いいでしょう!! 私の人生なんだからっ」

電話の向こうからは《まぁ〜ねぇ》と、残念そうに思っているような声が聞こえてきた。

《コテージって言っても、要するに民泊みたいなもんでしょ？》

「民泊だろうが、民宿だろうが、ここが私のホームなの！　母さん」

電話の相手は四十半ばになる、私の母。

両親は私が小学校六年生の時に離婚して、そこから母は私を女手一つで育ててきた。

と言っても……世に聞く母一人子一人の話とは、少しイメージが違うかもしれない。

中規模の広告代理店でクリエイティブディレクターをしていた母は、離婚を機に一念発起してＩＴ系の広告制作会社を立ち上げた。

広告代理店に勤めていた頃から、スポンサーさんに妙に気にいられる才能があったらしい母は「人たらしの桜岡」と呼ばれていたとのこと。

そんな母だったので、会社を興してすぐに経営を軌道にのせてしまい、私は経済的に苦しい思いをすることはなく、大学まで行かせてもらえたのだ。

ちなみに両親の離婚理由は、ベタだけど父の浮気。

突然家に帰って来なくなり、会社も無断欠勤してしまう「蒸発」を父はやったのだ。

蒸発から三日だけ泣き暮らした母は、四日目に興信所に依頼し、父が北海道にいることを突き止めると、出かけて行って離婚届に判をもらってきた。

小学六年生の私は、そんな両親の離婚騒動を横で眺めていたが、父と母が話をする場に同席していたわけではないので、経緯については細かく知らない。

ただ、蒸発して最初の三日間、泣いたり怒ったりする母に「付き合った」という記憶が残っているくらいだ。

でも、父がいなくなった朝のことは、今でも鮮明に覚えている。

「今日は早く帰るからな」

そう言って笑顔で出勤（実際には出勤もせず蒸発するのだが……）していったからだ。

それが私の脳裏に残っている父の最後の姿で、それから話したことはない。

学校の友達に「うちの両親は離婚したから、私は母一人子一人なの」というと、なんだかすごく「かわいそう」みたいな感じで接される。

ワイドショーでも、芸能人の離婚のことを司会者が深刻な雰囲気で語っているのを見る。

だけど、離婚したのは父と母であって、娘の立場からしてみれば、それほどショックな出来事でもなかったのよねぇ。

もちろん父と遊んだ頃の思い出はあるけど、エンジニアだった父は仕事のムシで、小学校の頃は家にいないことが多かった。

まして小学校六年ともなると、そろそろ父親の存在がうっとうしくなってくるわけで、娘にとってそれほど重要な存在ではない気がする。

うちは母がジャンジャン稼いだので、経済的に大きな変化がなかったこともあって……。だから、私の父に対するイメージは「母ではない、他の女の人を好きになって出て行った人」という感じで、いい印象もなかったが、別にひどい恨みも持っていなかった。

母は電話越しに聞いてくる。

《それで？　コテージなんてもうかるの？》

私の大事な職場を「なんて」とか言うんじゃないわよ。

広告制作会社社長の母は、この手の質問をいつもズケズケしてくる。

私が大学を卒業しブラック居酒屋チェーンに入社して、初めて電話した時も《それで？　月に手取りでいくら？》と、初任給をもらう前に聞いてきた。

私は「ふぅぅ」とため息をつく。

「もうかるわけないでしょう～。ローカル線の駅にある小さな宿なんだから」

《やっぱりそうよねぇ》

電話の向こうで、フフンと鼻をならして微笑《ほほえ》んでいるのは想像がつく。

「いいのっ。ブラック居酒屋チェーンで店長をやっているより、ここでオーナーとしてコテージの経営をしている方が、何倍も精神衛生にいいんだから」

そこで、今度は母が《ふぅ》と小さなため息をつく。

《そんなに経営がしたかったんだったら、うちの会社を継げばよかったのにぃ～》

母は私が「就職先を探すから」と就活を始めた時から、「だったらうちの会社で働いて、いずれ継いでよ」って言っていたが、私は相手にすることもなかった。

「広告制作会社は『母さんが好きな』仕事でしょ？」

私は「広告やTVCMを作って売る」なんて仕事に、まったく興味をもてなかったのだ。

いくら母がやっているから簡単に入社できると言っても、興味のない会社で働くのはつらいだろう。

だから、自分で就職先を探してきたのだ。

母はアッハハと笑う。

《好きで始めた会社だけどねぇ～。広告業界も長くなりすぎたから『そろそろ別の仕事もしてみたいなぁ～』なんて思っているところなの。美月さえよかったら、いつでも優秀な従業員ごとまとめてあげるわよ～》

母は昔から、こういう軽いところがある。

「だから～、私は広告制作になんて、まったく興味がないのっ」

就職活動を始めた時に、二人でやった会話に戻ってしまっている。

《じゃあ、興味をもてばいいじゃな～い》

一代で会社を軌道にのせた母は、基本的に「人間、要は思いこみ！」の精神論者だ。

「もう〜会社をあげるとか適当なこと言って。従業員さんもたくさんいるんでしょう？」

《そりゃ〜いるわよ。五十人くらいだけど〜》

「その五十人分の家族の生活もあるんだから、軽はずみなこと言ってないで、みんなのことを考えて、しっかり経営しなさいよ」

私が雇っているのは「東山亮《ひがしやまりよう》」一人だけだけど、それでも「ちゃんと亮の生活は守ってあげないと」というオーナー的な意識を感じるようになった。

ブラック居酒屋チェーンで、もっと大きな売り上げと利益とたくさんの部下やアルバイトを使っていた店長の頃よりも、私は責任を明確に感じるようになったのだ。

ゴーイングマイウェイな母は、基本的に人の話を聞いていない。

《まぁ、うちの会社を継ぐ時には、コテージの経営失敗経験が役に立つかもしれないか⁉》

こっちが失敗する前提で話をしないでよっ。

こんな母なので、否定する時はハッキリ言うことにしている。

「だから〜母さんの会社は、絶対に継がないからねっ！」

《あら、嫌われたものね》

「私はいろいろな人がやってきてくれるコテージで、お客さんのお世話をしていることが好きなんだから」

《もうからないのに？》

話を堂々巡りさせる母に、ハッキリと伝えておく。

「もうかる、もうからないだけが、人生の大事なことじゃないから、母さん」

電話の向こうでクスクスと笑っている声が聞こえてくる。

《まぁ、私の周りでは、聞いたこともない人生観ねぇ》

別に母のことが嫌いではないが、こうした話をする時、いつも「それもうかる？　もうからない？」と言うので、そこだけはイラッとするのだ。

ちなみに、利益を最優先に考える母の会社は年商十億円程あり、社長としてかなりの報酬を受け取っている成功者。経営者としては間違っていないとも思うけれど……。

私は壁に掛かっていた丸い時計を見てハッとした。

あっ、もうこんな時間だ！

電話を切ろうとした時、母がポツリとつぶやく。

《やっぱり親子ね。あの人もそういうことをよく言っていたわ……》

母が「あの人」というのは一人しかいない。

私はなにも考えることなく、ふと聞き返す。

「そう言えば……、お父さんって、今でも北海道にいるの？」

《札幌《さっぽろ》にいたけど……》

母から父について詳しく話を聞きたかったが、今は聞いている時間はなかった。

「あっ、ゴメン母さん。列車が来るから！」

《あぁ～でも、お父さんは――》

通話画面の「×」ボタンを押した私は、スマホをポケットに突っ込み部屋を出る。

リビングには白いセーターを着た亮が、黒のダッフルコートを右手に持って立っていた。

今日が亮の出発の日だったのだ。

足元には巨大な黒いキャリーケースが置いてあった。

コテージ比羅夫唯一の従業員、東山亮は、身長が百八十センチ以上あって、シャープな
整った顔立ちの理系秀才タイプに見えるイケメン。

だが中身はまるで違っていて、うちのコテージのおいしい料理を作り続けている腕のい

いコックで、こう見えて少々武闘派な面もある。

おじいちゃんと一緒に数年間コテージを運営してくれていたから、私なんかよりずっとベテランで、いつもオーナーである私が教えてもらっている。

だからいなくなってしまうと、まだ分からないことだらけの私は困ってしまう。

もし、緊急事態が起きたら……。そんなことが頭のすみをかすめる。

「もう、行くの？」

窓からホームを見つめる亮は、いつものようにぶっきらぼうに答える。

「おう」

「そっ、そうよね……」

亮は15時近くになっていた時計をチラリと見る。

「次の14時50分の倶知安《くっちゃん》行きに乗り遅れたら、次は何時だと思っているんだ？」

「18時5分」

あっさり答えられたのは、比羅夫に停車する列車が上下線合わせて、一日たった十四本しかないから。居酒屋メニューよりもはるかに少ないので、私はすぐに覚えてしまった。

「それじゃー飛行機の時間に間にあわないだろ」

「そっか……」

「もうすべて教えたろう？」

素っ気なく返す亮に、私はちょっと心細げにして見せる。

「聞いたけど……。なにが起きるか……その……分からないじゃない」

亮は「はぁ」と深いため息をつき、げんなりした顔をした。

「仕入れについては全て引き継いでおいた。これからはしばらく宿泊客も少ないし……」

そこで一拍おいた亮は、私の顔をまっすぐ見て言う。

「もう今日からは……美月一人で大丈夫だ」

その言葉で、私は「ついにコテージに一人で残されるんだ」って改めて思った。

「そっ、そんなこと……ないよ」

「大丈夫だ。自信を持って」

遠くからカタンコトンという音が聞こえてくる。

亮は、クルンと私に背を向ける。

「じゃあな、美月」

亮は足元の大きな黒いキャリーケースを軽々と持ち上げた。

銀の車体のＨ１００形ハイブリッド気動車が、大きなディーゼルエンジン音を響かせながらホームへ入ってくる。

車体中央には黄緑のラインが入り「ＤＥＣＭＯ」と英語のロゴが書かれていた。

この車両はディーゼルエンジンで発電した電気で走るハイブリッド気動車で、いつも通りの一両編成で今日も比羅夫へやってきた。

亮はさっさと誰もいない待合室を通り抜け、引き戸を開いてホームへ出ていく。

「りょ、亮が行っちゃう!!」

急いで黄色の長靴を履いてホームに出たら、キィィィンと車両が停車したところだった。

亮が「合理主義の道民は、必要な場所しか除雪しない」と、ホームの車両が停車する一両分のスペースだけ除雪しているので、それ以外の部分はガッチリ固まった雪のままだった。

運転台のすぐ後ろのドアから、亮は少し高くなっている車内へステップを蹴って乗る。

ホームを全速力で走った私は、亮の背中へ向けて叫んだ。

「帰ってくるのを、私、待っているから！　ホーム《ここ》で――!!」

クルリと振り返った亮は、両腕を組んで「はぁぁ」とため息をつく。

「あのなぁ俺が正月休みをとるだけで、そんなに気分出すなよっ」

亮は正月休みに入るので、今日が「出発の日」だったのだ。

お別れごっこを楽しんでいた私は笑ってしまう。

「こうして、亮を見送るなんて、初めてのことだから……」

コテージ比羅夫のオーナーをやっていると、たくさんのお客さんの出発を見送ることはあるが、従業員である亮を見送ることはほとんどない。

まして四日もいなくなるのは、私がコテージ比羅夫へ来て以来初めてのことだったのだ。

比羅夫の前を通る函館本線はローカル線なので、基本的にワンマン運転。

運転士の吉田《よしだ》さんが、乗務員扉の窓から首を出してホームの安全を確認する。

この区間をメインに担当する運転士さんは五人くらいなので、私は名前を覚えてしまったし、運転士さんたちも私のことを下の名前で呼ぶ。

「もうお別れはいいかい？　美月ちゃん」

「すみません。大丈夫です！」

吉田運転士は「それじゃあな」とドアを閉めるボタンを押す。

プシュと空気が抜ける音がして、銀の一枚ドアがゆっくりと閉まっていく。

すぐにフワァと気持ちいい気笛《きてき》が白い雪原へ向かって響き渡り、気動車はガァァァァとエンジン音を鳴らしながら走りだす。

ドアに立つ亮を見ると、少しだけ口角をあげて「まったく」って顔をして苦笑していた。

一両編成の列車は、あっという間にホームから出て雪原へと消えて行く。

車影が見えなくなるまでずっと見つめていた私は、列車が消えるとクルリと振り返る。

お別れごっこは終了だ。

胸の前で両手を拳にして気合を入れる。

「よしっ!!　今日から一人で頑張るぞ——!!」

先月までは「駅で遭難する!?」って思ってしまうほどの激しい吹雪に何日もさらされることがあったけど、三月に入ってからは穏やかな日が多くなった。

まだまだ周囲は雪に埋もれていたが、もう少ししたら春の足音が聞こえてきそうな雰囲気が漂いつつある。

「ここへ来てちょうど半年くらい経つのか〜」

どこまでも晴れ上がった青い空を見上げながら、長靴をカポカポ鳴らして、風が冷たいホームを一人で歩いていく。

今日ものどかな比羅夫駅は、「単線」のレールの横に石造りのホームがある典型的な国鉄時代のローカル駅。青い三角屋根を持つ二階建ての古い木造駅舎がポツンと建っている。

初めてここへ下車した人は信じられないだろうが、この駅舎が宿泊施設なのだ。

そもそも周囲を囲む柵も塀もない駅なので、冬になってしまうと「雪原の小さな家」といった雰囲気になってしまう。そんな雪原にはウサギやキタキツネなど、野生動物の足跡が点々と続いていた。

「コテージ比羅夫が、三月に入ってから正月休みをとるものだったとは……」

さっき亮が「正月休み」と言ったのは、別に間違いじゃない。

コテージ比羅夫を利用するお客さんで最も多いのは、すぐ近くの羊蹄山《ようていさん》への登山客。羊蹄山が山止めになった冬でも入山することはできるが、夏山と違って十分な装備と安全配慮が必要になるため、かなり山慣れした人しか来なくなる。

そうなると、登山でコテージ比羅夫を利用するお客さんはぐっと減る。

だが、周囲に雪が積もる年末から二月くらいまでは、比羅夫から長万部《おしやまんべ》方面に一駅行ったところにある「ニセコスキー場」のお客さんが割合やってくるのだ。

もちろん、ニセコにも宿はあるのだが、最近外国人にも大人気のスキー場のために、週末は予約がいっぱいになってしまい「一駅くらいの距離なら」と比羅夫にやってきてくれる。

そういうわけで、コテージ比羅夫の正月前後はけっこう忙しい。

そこで、昔からそんなスキー客がいち段落する三月頃に、従業員とオーナーが交代でまとまった「正月休み」をとっているとのことだった。

「コテージ比羅夫も、なかなかのブラック企業よねぇ～」

　もちろん飲食や観光業は「忙しい時には絶対休めない」のは分かっているけど、オーナーとなって従業員の亮にお願いする立場となると、少し心苦しく思った。

　きっと、母に言ったら『経営者がなにバカなこと言ってんのよ⁉』と言って、名経営者の格言の一つも教えられコンコンと説教されそうだけど。

　私は駅舎の待合室へ入り、雪が吹き込んでこないよう引き戸をカラカラと閉めた。

　玄関のドアを開いた瞬間、薪ストーブのおかげでリビングからは温かい風が吹いてくる。

　このストーブは、毎朝、亮が起きてすぐに薪をくべてくれて、一日中燃え続けるのだ。

「やっぱり、まだ寒～い」

　私はモコモコの冬用スリッパに履き替えて、薪ストーブに一番近い丸太椅子に座った。

　冷たくなった両手を前に出して、薪ストーブに温めてもらう。

　そして、壁に貼ってあるカレンダーを見上げた。

「今日から三泊四日、亮がいないんだから、しっかりやらないとっ」

　このカレンダーには、予約の入っているお客さんの名前を書くことになっている。

「とは言っても……亮のいない間は、そんなにお客さんが来るわけじゃないよね。今日もニセコからのスキー客の三人一組だけだし」

私は一日一組か、まったく書かれていない日の並ぶカレンダーを見ながらつぶやいた。

予約があまりない時期だったから、交代で休むことにしたわけだからね。

私は今まで掃除とベッドメイクと風呂の用意はやってきたけど、問題は食事の準備。

朝食は元居酒屋店長力でなんとかしのげるとしても、問題は夕食だった。

料理というのは女子力にはなくてはならないファクターな気もするけど、ここへ来てから亮のおいしい料理をずっと食べてきた私は「こりゃかなわん」と素直に思っている。

夏ならば食材を切ってホームでバーベキューをすればいいけど、冬はホワイトアウトを起こすくらい吹雪《ふぶ》く日も多いから、リビングで北海道らしい料理ということになっていた。

夕食の仕入れについては亮が全て手配し、その食材を調理するレシピについては、細かくビッシリ書いてキッチンの壁に貼っておいてくれた。

「要するに夕食さえ乗り切ればいいのよ」

自分で納得した私が「フム」と頷いた瞬間、ファララとリビングの電話が鳴った。

予約の多くはネットになったが、登山客は年齢が高い人が多いこともあって、コテージ比羅夫では電話予約もまだまだ現役。

私はパタパタと、玄関近くに置いてある白い電話の受話器をとった。

「ありがとうございます。コテージ比羅夫です」

《あっ、美月ちゃんですか？》

声は亮と似ているけど、柔らかい感じのしゃべり方と呼び方で分かる。

「健太郎《けんたろう》さんですね」

《そうそう、よく分かりましたね》

電話の相手は、亮のお兄さんで東山健太郎さん。

亮が来るまでは健太郎さんが、コテージ比羅夫を手伝ってくれていたそうだ。

現在は羊蹄山で山岳ガイドをしているが、冬は避難小屋の管理人がいなくなり登山者も少なくなるので、ニセコスキー場でライフガードの仕事をしていると聞いた。

「どうかしましたか？」

健太郎は少し言いにくそうに言った。

《それが……今日の仕入れのことなんですが……》

「仕入れがどうかしましたか？」

いつもは亮に車で買い出しや仕入れをやってもらっているので、亮が正月休みに入っている四日間については、健太郎にお願いすることになっていた。

《さっき連絡が入ったのですが……。ここ数日の雪の影響が出てしまったそうで、今日は野菜以外の魚や肉類がまったく入ってこなかったそうです》

「えっ、えぇ⁉　本当ですか〜〜〜⁉」

私は両手で受話器をつかんで叫んでしまった。

「こんなに天気がいいのに⁉」

リビングの窓から見える空は、青く晴れ上がっていた。

《あぁ〜、今日輸送するトラックには影響がないそうなんですが、数日前に降った雪の影響で『船が出せなかった』とかで……》

電話の向こうですまなそうにしている健太郎の顔が浮かんだ。

「でも、お客さんに『野菜料理だけ』ってわけには、いかないですよ。てか⁉　私、亮に書いてもらったレシピ以外のお料理なんて、無理無理無理無理！」

健太郎には見えないが、私は必死に手を左右に振った。

実は私は車の免許を持っていない。

「北海道で車の免許がないのは『小学生と同じ』ってことだぞ」

そう亮に言われたが、確かに北海道では車を運転できることがとても大事なことはこの数か月でよく分かった。

だが、ここ半年はオーナーになったばかりでとても忙しく、車の免許を取りに行く時間はとれなかったのだ。

《そっか〜、やっぱりそうですよねぇ》

健太郎は《アハハ》と困った笑い声をあげた。

私はブラック居酒屋チェーンの店長をやっていたが、今時の居酒屋チェーンのキッチンなんて、極端なことを言えば「包丁がない」のだ。

全ての材料はエリアごとにある巨大セントラルキッチンで加工され、各店のキッチンでやっているのは冷凍食品を業務用電子レンジでチンと解凍して、マニュアルの画像に合わせて盛り付けるだけ。

そして、母は料理に興味がなく、私は女子の東京一人暮らしで自炊する必要もなかったので料理しなかった。

だから、亮がレシピを用意してくれた料理以外のものを急に作るのは絶対に不可能。

そんな私が野菜だけの食材で、どうやって「北海道らしい料理」が作れる!?

少し考えただけでも、頭がクラッとしそう。

「どうしよう〜、サラダくらいしか作れないですよ、私」

電話の向こうからフフッと笑う声が聞こえてくる。

《いろいろな種類のサラダを出せば、それはそれで、ベジタリアンのお客さんだったら、とっても喜びそうですけどね》

「なにを気楽なこと言っているんですか？」

《あっ、はい。すみません》

チラリと見た壁の時計は15時半に近づきつつある。ニセコのスキー客だったら16時すぎにはコースが閉まるので、そこから着替えて、タクシーに三人で同乗するか、17時56分のニセコ発小樽《おたる》行の列車でやってくるから、比羅夫到着は17時から18時頃。

つまり……あと、一時間半から二時間半くらいしかない。

東京なら「じゃあ、別の店で仕入れて！」と言えるが、ここは試される大地の北海道！

仕入れができるような店のある余市《よいち》なら片道四十キロ。もし、小樽まで行くことになったら片道六十キロもあるので、移動だけで往復二時間は余裕でかかってしまう。

しかも、私は車の免許がないのだから、すぐに飛び出すこともできないのだ。

「どうしよう……どうしよう」

パニくりそうな私に、健太郎が切り出す。

《そこで、なのですが……》

「なにか食材を手に入れる方法が、あるんですか⁉」

私は藁にもすがる思いで、ギュッと受話器を握る。

《いつものようなシャケとかホタテなどの海産物や、ヒツジ肉は無理なんですが……。北

海道独特の『ジビエ料理』なんてどうですか？》

「ジビエ料理〜？」

少しポカンとしたのは、話には聞いたことがあるが、ジビエ料理なんてものを東京で食べる機会はまったくなかったからだ。もちろん、居酒屋メニューで取り扱ったこともない。

確か……野生の鴨とかを食べるんだったっけ？

頭に思い浮かんだのは、なんとなく焼き鳥。

「ジビエ料理……ですか」

一瞬戸惑ったのは、どんな料理なのか想像もつかなかったからだ。

《今、東京でもジビエ料理を出すお店が増えてきているって、なにかのニュースで聞いたこともありますよ》

「まぁ、北海道らしい料理には、なりそうですよね……」

天井を見上げながら少し考えたけど、このままではリビングのテーブルにグリーンサラダ、シーザーサラダ、トマトサラダが、大きなボールで提供される「サラダ専門コテージ」になりかねない状況なのだから、ここはなりふりかまってはいられない。

私は即決する。

「分かりました！　じゃあ、それでお願いします」

《よかった〜。では、すぐに手配しますね》

そこで健太郎はホッとしたような声をあげたが、私は別なことに気がつく。

「ちょっと待ってください！」

《どうかしましたか？》

「そんな食材、どうやって調理するんですか⁉」

どんな野鳥のお肉でもいいけど、きっと普段目にしている鶏肉とはまったく違うだろう。

焼き鳥一つにしたって、もらったお肉をバラバラにして串に刺して、甘辛ダレにつけて焼けばいいというものとは思えない。

それにそれでは……今度は「焼き鳥専門コテージ」まっしぐらだ！

せっかく自然豊かな北海道を体験しにきてくださったお客さんに、なぜか東京でもお馴染みの居酒屋チェーンの雰囲気を提供してしまうことになる。

《それは大丈夫です。ジビエ料理に詳しい料理人が食材を届けにいくので、その人に料理もしてもらうようにお願いできますので〜》

フフフッと笑いながら、健太郎は余裕の声で言った。

「ジビエ料理に詳しい料理人？」

まったく想像がつかないが、なんとなく真っ白なコック服をいつも着ている亮のような、こだわりを持った姿が頭に浮かぶ。

きっと、ジビエなんていう流行りの素材を扱う料理人だから、ニセコ周辺でフランス料理とかイタリア料理店をやっているような人なのだろう。

なんにしろコックが来てくれるのなら、たとえ、野菜だけだとしても夕食はどうにかなる！

私は思わず電話口に向かってお辞儀してしまう。

「ありがとうございます。では、至急、そのジビエ食材と、料理をしてくれる方の手配をお願いできますか？」

《分かりました。では、三十分くらいでコテージに食材を届けに行くと思いますので》

「三十分？　割と早いですね。助かりますけど……」

《きっと、美月ちゃんはそう言うと思って、手配はしていたんです》

子供の前で手品の仕掛けを披露する父みたいに、健太郎はフッフッと含み笑いしながら言った。

「そうなんですね。ありがとうございます」

《仕入れの件はすみませんでした。では、よろしくお願いします》

そこで健太郎が電話を切ったので、私も受話器を置く。

なんだか、勢いで決めてしまったが、本当によかったのかな？

一瞬、迷ったが首を左右に振って、一気に吹き飛ばす。

「いやいや！　サラダ専門コテージにはできない！」

気合を入れ直した私は、タタッと階段を上がって二階の部屋の準備を始めた。

第二章　北海道のジビエ料理

今日宿泊予定の一組は、男性三人のスキー客だ。

ネット予約時のメッセージで「お部屋は一部屋にまとめてください」とあったので、廊下の一番手前の部屋、「北斗星《ほくとせい》」をベッドメイクして準備した。

二階には四人用と二人用の部屋が合計六つある。

全て部屋の扉には、寝台列車のヘッドマークが描かれていた。

これは、前オーナーである徹三《てつぞう》じいちゃんの趣味。元々ここにあった乗務員用の宿直室をＤＩＹで改装した時に描いたのだ。

各部屋に設置してある二段ベッドも寝台列車で使用されていたものの再利用品で、青い生地が貼られていて、幅一メートル、長さ二メートルくらいある。

寝台列車のシートは、昼間はソファで夜はベッドとして使用できるように変えられるが、お客さんはだいたい夕方以降に来るので、ベッドにした状態で白いシーツをピンと張ってお迎えすることが多いのだ。

それが終わったら、急いでホームに出てお風呂場を見にいく。

比羅夫の駅舎内にはなかったので「一番基礎工事が簡単で、水道も引きやすかったから」という理由で、ホームの上にログハウスを建ててお風呂場として使っている。

午前中に掃除はすませてあるので、桶や椅子の整理と湯加減のチェックだけ。

木の扉を開くとモワッと白い湯気が外へ向かって吹きだしてくる。

浴室の中にある小さなカヌーのような浴槽には、チェックインしたらすぐに入れるようにと、循環器によって常にキレイにされているお湯がギリギリまで満たされていた。

私はチャポンと右手を浸ける。

「よしっ、湯加減は問題なし」

手を入れるだけでも「はぁぁ」と気が抜けてしまうくらい、いい湯加減。

特に冬になってからの丸太風呂は「ここは天国か?」ってくらいに気持ちよかった。

洗い場のボディソープやシャンプーなどのチェックを終えた私は、ログハウスから出てパタンと木のドアを閉める。

一人歩く分しか除雪していないホームをバタバタと長靴で戻り、引き戸を開いて待合室に入った時だった。

駅前へ続く唯一の細い道を、ガラガラと気動車のような音をたてて、煙突のように設置されたマフラーから、黒い煙をあげつつ近づいてくる大きな四輪駆動車が見える。

私は待合室を通り抜けて駅前側の引き戸を開き、雪道を走ってくる車をじっと目で追う。

思わず追いかけたのは、あまり見たこともない雰囲気の車だったから。

一瞬、ジビエ食材を持ってきてくれるコックさんが来たと思ったが違った。

「自衛隊の車か」

隣の倶知安には駐屯地があるので、たまに見かけることはあった。

四輪駆動車は深い緑でフロントとサイドガラスはあったが、そこから後ろは「幌」と呼ばれる丈夫そうな布で覆われ、幌についている窓はビニールがはられている。

フロントグリルには、オーバル形の空気取り入れ口が平行に六つ並び、その両サイドには格子状のガード付きヘッドライトが光っていた。

車の後部中央には大きなスペアタイヤがあり、その横には予備のガソリンタンクやスコップが、黒の革バンドで留められている。

さすが北海道の自衛隊ともなると、こうした装備が必要らしい。

大きなディーゼル音を鳴らしながら、私の前を通り抜けた四輪駆動車は雪の積もっていた駅前広場に停車して、ガロンとエンジンを止めた。

「それにしても……自衛隊の人が比羅夫になんの用だろう？　自衛隊員のお迎え？」

そう思っていたらガチャリと音がして、運転席側のドアが開いて自衛官が出てきた。

自衛官は耳まで覆う帽子を被り、ティアドロップタイプの真っ黒なサングラスをかけている。緑、茶、黒が細かく入り混じった迷彩柄のジャケットを着て、深緑の太いカーゴパンツをはき、黒い編み上げブーツを履いていた。

屈強な自衛隊員らしく、身長は百七十センチくらいあって、筋肉に包まれているはずの体は全体的にガッシリしていた。

カツカツとブーツを鳴らしながら歩いてきた自衛隊員は、私の前に立って聞く。

「ここ、コテージ比羅夫でいいんだよな?」

びっくりしたことに、その声は女性のものだった。

まるで歌劇団の男役みたいなハスキーな声で、しゃべり方も少し男っぽい感じ。

「そっ、そうです」

「あなたが美月ちゃん?」

いきなり言われた私は、驚くしかない。

「どうして⁉ 自衛隊の方が私のことを⁉」

一瞬、きょとんとした女性は、アッハハハとお腹を抱えて大笑いした。

「自分は自衛官じゃないよ」

「えっ? 自衛官じゃない?」

首を傾《かし》げた私に、ペコリと頭を下げる。

「小学校の同級生の健太郎に頼まれて来たんだ」

そこで、やっと私は分かった。

「じゃあ、あなたがジビエの!?」

まさかこんな感じの人だとは思っていなかった。

しかも女性だったとは……。

「そう、自分は林原《はやしばら》晃《あきら》。よろしく美月ちゃん」

サングラスを取りサッと出した林原さんの右手をとって、私はぎこちなく握手する。

「よっ、よろしくお願いします、林原さん」

「そんなに硬くならないで。私と健太郎は友達なんだから、美月ちゃんも友達ってことで、気楽に『晃』って呼んでよ」

気さくに言った林原さんは、爽やかに微笑みかけてくれる。

健太郎さんと同じってことは、二つくらい年上ってことになる。

体育会系の部活を長くやっていた上に、体育会系なブラック居酒屋チェーンに勤めていた私には、年上の人を下の名前で呼び捨てにはできない。

私は離した手を左右に振る。

「いやいや、年上の方ですので、晃さんと呼ばせてください！」

「じゃあ、それでいいよ」

ふっと笑った晃さんは、クルリと振り返って四輪駆動車の後部ドアに手をかける。

スペアタイヤのついた重そうな後部扉を左に開くと、荷台には長さ約一メートル、幅約五十センチの大きなクーラーボックスが置いてあった。

それにジビエ食材が入っているのだろう。

「手伝います！」

「助かるよ。じゃあ片側を持ってくれる？」

「はい。分かりました！」

晃さんが右側を右手一本で持ったので、私は左側に回り込んで左手で持つ。

「じゃあ、行くよ。せいのっ」

晃さんの掛け声に合わせてクーラーボックスを荷台からおろしたが、その瞬間、私の持っていた方だけガクリと落ちて、底が地面につきそうになる。

おっ、重っ！

ブラック職場でも、コテージ比羅夫でも鍛えられてきた私は、重い物を持つことに少し自信があったのだが、クーラーボックスの重量は予測をはるかに超えていた。

鴨の肉ってこんなに重いの⁉

「大丈夫？　とりあえず食材を多めに放り込んできちゃったからさ」

心配そうに聞く晃さんに「無理です」とは言えない生粋の体育会系の私。

「大丈夫～です！」

両手でハンドルを握り直し、意地でギリギリと持ち上げて玄関へ向かう。

「こっ、こっちです」

まるで引っ越しの冷蔵庫でも運ぶような感じで、玄関からリビングを通って廊下に入ってすぐのところにあるキッチンへと運んだ。

そして、中央の空いている場所に、クーラーボックスをドスンと置く。

「ありがとう、美月ちゃん」

「いっ、いえ……どういたしまして」

私はこんな短い距離でも息が荒くなっているが、晃さんはまったく乱れていなかった。

晃さんはカントリー調のシステムキッチンが並ぶ調理場を見回す。

「へぇ～割合本格的な厨房があるんだな」

その理由は亮から聞いたことがあった。

「うちのおじいちゃんが『コテージ比羅夫のお客さんは遠くから来てくれるんだから、おいしいものをださないといかん。それにはいい厨房がいる』って自分で作ったらしいです」

「それはいいおじいちゃんだな」

爽やかな笑顔を晃さんは見せた。

額から流れ出た汗を拭きながら、私はクーラーボックスを見る。

「重いんですね。鴨の肉って……」

上に着ていた迷彩柄ジャケットを脱いで椅子に掛けながら、晃さんはアハハと笑う。

「今日の食材は鴨じゃないぞ」

晃さんはさっとしゃがんでクーラーボックスのロックをパチンと外し、フタを開いて中を見せてくれた。

ファスナー付きプラスチックバッグに入れられ、氷に包まれた食材は赤やピンク色。

その一つをガバッと取り出して手を伸ばし、私に向かって突きつける。

「ほら〜おいしそうだろう〜‼」

晃さんはウキウキしながら目をしばたたいたが、もちろん、私にはなんの肉か分からない。

「これは〜？」

「エゾシカさ」

さすがの北海道でも、そんな食材はスーパーで売っていない。

「エゾシカ――!?」

思い切り驚く私を見て、ニヒヒと笑った晃さんは、中に入っていた肉を一つ一つ持ち上げながら説明をしてくれる。

「こっちがロースで、これがモモ肉とヒレ肉。先週ソーセージも作ったし、骨でとった出汁も残っていたからよかったよ～」

クーラーボックスの中には、ボトルや保存パックなどがギッシリ入っていた。

そりゃ～こんなに入っていたら重くなる。

少し引き気味の私は「へぇ～」と答える以外にリアクションがとれない。

エゾシカっておいしいのかな？

さすがに私も、亮から「今日はエゾシカな」と夕食に出されたことはなかった。

「獲ってすぐに処理と精肉加工した肉だから、絶対においしいぞ」

ニコニコした顔で肉を見つめる晃さんは、口からヨダレを流しそうな勢い。

そこで少し不思議に思った私は晃さんに聞く。

「北海道の家庭って、いつもエゾシカの肉が冷蔵庫に入っているんですか」

アッハハハと思いきり笑った晃さんは、バシンと私の胸に手で突っ込んだ。

「そんなわけないだろ〜」

「えっ？　でも、この食材は晃さん家《ち》にあったものですよね？」

私が頭に「？」を浮かべていると、親指だけをビシッと立てて自分の胸を指す。

「これは自分でとってきたからさ」

「自分でとってきた？」

意味の分からなかった私は、きょとんとして聞き返す。

晃さんは両手にライフル銃を構えるような仕草をして「パン」と発射音の真似をする。

それでやっと意味が分かった！

「えっ――――!?　晃さんがこのエゾシカを獲ってきたってこと――――!?」

私が顎を外さんばかりに大きな口を開くと、晃さんはしっかりと頷く。

「自分の本職は『猟師』なんだ」

「猟師……女性なのに？」

「最近は女性猟師も割合多いよ」

「そっ、そうなんですね……」

そこで、やっと自衛隊っぽい車や服装の意味が分かった。

「だから、そういう格好なんですね」

頭の後ろに右手をあてた晃さんは「いやぁ〜」と恥ずかしそうにする。

「今日獲った獲物を仕事場で解体して一休みしていたらさ。突然、健太郎から電話がかかってきて『食材ないか!?』とか言うもんだからさ〜」

「えっ!? エゾシカの解体もやるんですか!?」

私はずっと驚きっぱなしだ。

「猟師は獲物の命を奪う仕事だから、ちゃんと自分で解体までやらなきゃダメなんだ」

少し照れながら晃さんは言う。

「そう……なんですね……」

私は牛や豚や鶏肉を食べるけど、それを殺して解体するところは見たこともない。

だけど、どんな食材にも元々命があって、誰かが殺して解体しておいてくれるから、私達はそういった現場を見なくても食することができる。

居酒屋の店長をやっている時に、冷凍とは言え「焼き鳥一人前〜」とか気楽に言っていたが、食材センターの向こうでは、当たり前にそういったことが行われているのだ。

自分では知っているつもりのことが、実はまだ何も分かっていなかったかもしれない。

晃さんはサッと立ち上がり、少し考え込んだ私の肩をパンとたたく。

「最初はそういう反応する人多いけど、そんなに気にすることじゃないよ」

「そっ、そうなんですか？」

顔をあげた私に、晃さんはにっこり微笑んだ。

晃さんはプラスチックバッグに入った肉をひょいひょいと取り出して、すっと立ち上がって大きな白いまな板に置く。

「すごく昔は『趣味で狩猟』なんて人もいたっていうけど、今は違うんだ」

晃さんは壁に掛けてあった亮のコックコートを見つけて言った。

「これ借りていいかな？　今日、エプロンとか持ってきてなくてさ」

「いいですよ」

「ありがとう」

晃さんは亮のコックコートに袖を通しながら話をしてくれる。

「今は『狩猟をしなくちゃいけない』ってことが多いんだ」

「どうしてですか？」

両手に袖を通した晃さんは前ボタンを閉めるが、体格がいいので問題なく亮のコックコートを着こなした。

「エゾシカを始め野生動物が増えすぎると、森や山にある自然の食べ物だけじゃ食糧が足りなくなって、人間の作っている畑の作物や牧草なんかを荒らしてしまうんだよ」

私は上下に首を振る。

「あぁ〜、そういうニュースを見たことあります」

「さらに食べ物が少なくなると、樹皮まで食べてしまって木を枯れさせてしまうこともあるし、線路に飛び出して列車と衝突して大きな被害を出すこともある」

東京だとイノシシとかサルでも出ようものなら、警察官と市役所の人が追い回して、大捕り物になる。そんなニュース映像を見ることはあっても、列車と衝突とか畑が荒らされたとは聞かない。

北海道では熊が出没したことはニュースになるが、エゾシカくらいではならない。

私だって比羅夫近くで見かけたことはあった。

「だから、ちゃんと猟師が『駆除しなくちゃいけない』ってことなんですね」

「そういうこと」

「すごいですね！　地域の人達を『獣害から守っている』ってことですもんね。まるで中世ヨーロッパの騎士みたいです」

「いや、そんなもんじゃ……」

晃さんは少し恥ずかしそうな顔をする。

きっちりボタンを閉めた晃さんは、コックコートがバッチリ似合っていた。

「かっこいい～」

思わず口に出してしまった。

「ありがとう、美月ちゃん。さて、とりあえず仕込みを始めるか」

まな板の横の流しで手を洗い出した晃さんは、少し笑みを浮かべながらつぶやく。

「猟師について、少し偉そうなこと言ったけど……」

私は「はい」と聞き返すと、晃さんは上気した顔を私へ向ける。

「猟師は……好きでやっているんだ」

「好きで？」

「どう言えば分かるかな～？　あぁ～、釣り好きな人が、いろいろな釣り竿を試したり、ポイントを変えたり、仕掛けを考えて大きな魚を獲るのと同じ感覚って言えば分かるかな」

私も釣りはやったことがあるので、それは少し分かる。

「魚との知恵比べをしているみたいで楽しいですよね」

晃さんはフンフンと首を縦に振る。

「自分はエゾシカとの駆け引きが楽しいんだと思うよ。単にシカの肉が欲しいだけなら猟師から買えばいいだけだし。猟へ出る時『よし今日も獣害からみんなを守るぞ』なんて、崇高な思いはないよ」

晃さんが微笑んだので、私も微笑み返す。

「そうなんですね」

「どちらかというと『エゾシカを獲ってやるぜ』ってテンションが上がるね」

楽しそうに言った晃さんは、取り消すように「あぁぁ」と手を左右に振る。

「だからって、やたらと撃ちまくっているわけじゃないからね」

「そんなの晃さんを見ていれば分かりますよ」

焦った顔の晃さんがおもしろくて、私はフフッと笑った。

「エゾシカは一日一頭しか獲らないから」

東京では絶対に聞けない、比羅夫ならではの猟師情報。

「へぇ〜そういうもんなんですね」

「エゾシカ一頭を捕まえるのに、山を一日上り下りしなくちゃいけないから体力的に辛いし、撃った獲物は血が回って肉が不味くならないように、その日のうちに解体処理しなくちゃいけないし……」

晃さんはわざとらしく、肩を拳でトントンと叩いて見せる。

「エゾシカの解体は、一体約二時間はかかる力仕事だからさ〜」

そこで私は晃さんを見て言った。

「私、晃さんの『狩猟は好きでやっている』っていう気持ちは分かりますよ」

「本当に？」

私はしっかりと頷いて応える。

「私も好きですから、コテージ《ホーム》でお客さんをお迎えするのが！」

そうじゃなかったら、こんなに楽しく仕事は続けてこられなかっただろう。

私は居酒屋で店長をしているよりも、給料が少なくなるとしても、コテージ比羅夫で、お客さんのお世話をしていたい。

もともと宿泊施設の運営が好きだったのか、それともコテージ比羅夫だったから好きになったのかは分からないけど、私はここで働くことが「好き」だと感じていた。

顔を見合わせた私と晃さんはフッと微笑み合った。

「じゃあ、料理の方は、私に任せておいて。北海道らしいエゾシカのおいしい料理を用意するから」

流しの下の扉を開いて、晃さんは圧力鍋を一つ取り出す。

「猟師の人はジビエ料理までできるもんなんですね」

晃さんは指を折りつつ話す。

「私は狩猟免許と食肉処理業と調理師免許を持っているから」

「すごい！」

晃さんは首を左右に振る。

「最初は猟で獲ったエゾシカを自分で食べていたんだけど、おいしかったから『みんなにも食べてもらいたい』と思って、たまに家でふるまうことにしたんだ。それだったらちゃんと『免許を取っておいた方がいいかな』ってね」

「じゃあ、よろしくお願いします！」

私がペコリと頭を下げると、晃さんは「おう」と右手をあげた。

今日、コテージ比羅夫に宿泊する三人のお客さんは、タクシーで18時頃にやってきた。

近いこともあって、スキー場からのお客さんはタクシーで来ることが多い。

今日の日没は17時半頃だったので、まだ空の一部はオレンジ色で、辺りの雪原は光を失ってゆっくりと暗くなりつつあった。

駅前広場へ入ってきたタクシーの屋根には、スノーボードケースが積んであった。

タクシーから降りてきたのは男子三人で、赤、青、黄のスキーウェアを着ている。

男子と言ったのは、雰囲気が私より若く大学生くらいじゃないかと思ったから。

三人がトランクからキャリーバッグを取り出すと、タクシーは走り去っていった。

駅舎を見上げながら、三人は「うわぁ～駅以外なにもねぇ」「あれ？　宿どこよ」と、盛り上がっていた。

私は玄関にお客さん用のスリッパを三つ並べてお待ちする。

まだ明るかったせいか、三人は私のように「うわっ、宿がない!?」と焦っておらず、駅舎の壁に掛かっていた看板を冷静に見つけて玄関から入ってきた。

「いらっしゃいませ。遠いところからお疲れさまでした」

こういう挨拶をするのは、比羅夫に宿がある以上「絶対に遠くから来ることになるからな」と、徹三じいちゃんが言ったからだと亮から聞いた。

私が頭を下げると、男子三人は玄関で声を揃える。

『お世話になりま～す』

三人とも素朴な感じで、北海道の大学生って感じがした。

「スノーボードは乾燥室へ入れるので、そこへ置いておいてください」

三人は『は～い』と返事して、スノーボードケースを玄関の壁に立てかけ上がってくる。

「では、お名前を宿帳に書いていただけますか？」

私が宿帳を渡すと、三人は順に名前を書いてくれた。

赤いウェアで黒い短髪の男子は南里翼《みなみさとつばさ》君。ほっそりした感じで知的な雰囲気の漂う青いウェアの男子は沼田太陽《ぬまたたいよう》君。三人の中で一番体格がよく力強そうな感じで黄のウェアの男子は佐山翔太《さやましょうた》君だった。やはり三人とも札幌工科大学《さっぽろこうかだいがく》の学生だった。

宿帳を預かった私は三人の顔を見る。

「キャリーバッグは、私の方でお部屋にお運びしますので……」

そこで三人は顔を合わせ、リーダーっぽい南里君が代表して言う。

「いいですよ。これくらい自分達で運びますから」

「ありがとうございます。大変助かります」

私が雑巾でキャリーバッグのキャスターの汚れを拭きとってあげると、三人はガシャンとそれぞれのキャリーバッグのハンドルを持った。

「じゃあ、お部屋の方に、ご案内させて頂きますね」

リビングの奥にある階段を私が先頭で上がっていく。

一番手前の「北斗星」の扉を開いて、部屋の中を指す。

「では、こちらのお部屋をお使いください」

部屋の中を同時に覗き込んだ三人は、嬉しい声を聞かせてくれる。

『うわっ、すげぇ——!!』

そんなに歳は離れていないように思うけど、まだ学生の無邪気な男子三人組のリアクションを見ていると、単純に「かわいいなぁ」って思ってしまう。

そして、コテージ比羅夫の部屋は、なぜか男子に圧倒的人気がある。

「これ……元は寝台列車のベッドですか？」

部屋の中に入った沼田君が、フレームを触りながらきく。

「そうなんですよ。よくご存じですね」

「子供の頃読んだ本に『ブルートレイン』の出てくる小説があって、一度は『乗ってみたい』って思っていたんですが、僕が大きくなった頃には全て廃止になってしまっていたので……」

目をキラキラさせている沼田君に、私は微笑みかける。

「そうでしたか。こちらのベッドはもともとブルートレインで使われていた物ですから、少しだけですが寝台列車気分が味わえると思いますよ」

「そうですね！」

沼田君は嬉しそうに笑った。

「では、お食事は19時から、下のリビングでご用意しますので……」

そう言うと、佐山君が「あれ？」と聞き返す。

「このコテージの夕飯って、ホームでバーベキューじゃなかったっけ？」

私はすまなそうな顔をする。

「大変すみません。冬は雪があるのでホームでは食事ができないんです」

「あぁ～そういうことか」

そして、今日は伝えておかなきゃならないことがある。

「あのぉ～それから今日の夕食のことなんですが……」

私が少し言いにくそうにしゃべりだしたので、南里君が首を傾げる。

「どうかしたんです？」

「少し前の雪の影響で仕入れが乱れまして、今日はいつもの夕食ではなく、北海道産のジビエ料理となるのですが、よろしいでしょうか？」

『ジビエ料理？』

目を合わせた三人は、一瞬動きが止まった。

食べたことのない私は、どう言っていいのか分からず、とりあえずあいそ笑い。

「ええ、本日はおいしいエゾシカを予定しております」

それには佐山君がいち早く反応した。

「おっ、肉ならいいじゃん！」

「へぇ〜エゾシカなんて初めてだなぁ」

続けて南里君はニコリと笑い、最後に沼田君が少し心配そうな顔で聞く。

「野菜はありますか？」

満面の笑みを浮かべた私は、胸の前でパチンと両手を合わせる。

「グリーンサラダ、シーザーサラダ、トマトサラダ。なんでもご用意できますよ」

私の前のめりな態度に、沼田君は少し体を引きつつ答える。

「じゃ、じゃあ……シーザーサラダで……」

少しテンションが上がってきた私は、久しぶりの注文に思わず勢いで応えた。

「はい！　まごころ込めて！」

これは私が働いていたブラック居酒屋チェーンで、注文を受けた時にも、上司からの命令を受けた時にも、絶対に言わなくてはならないセリフだった。

もう反射神経の一つに組み込まれているのに違いない。

三人とも少し引く。

『まごころ込めて～？』

アッハハと笑った私は、長居し過ぎた部屋から後ろ歩きで出ていく。

「では、19時のご夕食で～」

いらないことを言わないうちに、私はパタンと扉を閉めた。

南里君達が部屋で一休みしている間に、私はリビングで夕食の準備を始める。

料理は何が出てくるかオーナーも分からない闇鍋ならぬ闇コース状態なので、中央にある大きなテーブルの薪ストーブの近くに、三人分のランチョンマットを敷く。

そして、ナイフ、フォーク、スプーンなど、なにが出てきても食べられるように、一通りのシルバーを並べた。

あとはコップを並べて、北海道では「凍らないように」冷蔵庫に入れてあるウォーターボトルを取り出して三人の中央に置く。

料理ができない私にやれることはここまで。

「さて、これでこっちの準備は整ったけど……」

チラリとキッチンの方を見た私は、ほんの少し不安にかられる。

最後は「背に腹は代えられない」とOKしちゃったけど、野生のエゾシカ料理って本当においしいのだろうか？　だって牛や豚なんかよりもおいしいんだったら、きっと、北海道の人はエゾシカを食べ尽くしているんじゃない？

野生動物を食べないのは「獣臭いから」ってニュースで言っていたような気がする。晃さんは自分で獲っているから、そういった匂いに慣れているかもしれないけど、ジビエを食べたことのない人達だと「匂いが強い」って嫌わないだろうか？

今更ながら味について、少し心配になってしまった。

私がキッチンに料理の様子を見に行こうとした時、二階のドアがガチャリと開いて、ガヤガヤと話しながら南里君達が階段を降りてきた。

見上げると、南里君と目が合う。

「まだ早いんですけど、リビングで待たせてもらっていいですか？」

うちの部屋にはテレビも置いていないので、こうしてリビングで過ごす人も多い。

「えぇ、大丈夫ですよ」

ニコリと笑って、私は三人を席に案内した。

「では、夕食が始められそうだったら、始めちゃいますね」

「よろしくお願いします」

沼田君が丁寧に頭を下げる。

笑顔でリビングを出た私は、サッと廊下を歩いてキッチンへ飛び込み叫ぶ。

「どう⁉ 晃さん。どうにかなりそう⁉」

私の顔はきっと不安でいっぱいになっていただろう。

コンロの前でコック帽を被って立っていた晃さんは、余裕の顔で微笑む。

「当たり前だろ」

そこで、私の鼻にスッと香りが入ってくる。

「うわぁ～おいしそうな、いい匂い～」

「今、マズそうな匂いをしていたら、絶対にマズい料理だろ」

フタを開いた圧力鍋の上で、なにかのスパイスをサラサラと小さな包丁で切っていれる。

私は、晃さんに聞く。

「もう出せますか？」

「おう、大丈夫だ。じゃあ、最初はポトフから運んでくれるか？」

「ポトフ？」

「骨からとった出汁で作ったエゾシカスープだけじゃ芸がないからさ。四角に切った玉ねぎ、キャベツ、じゃがいも、人参、ズッキーニをエゾシカソーセージと一緒に煮たんだ」

コンロに載っていた鍋のフタを開くと、白い湯気がおいしそうな匂いと一緒にフワッと私の顔へ向かって上がってきた。

これ！　絶対おいしいやつ！

さっきまでの心配が、その一瞬で吹き飛んでしまった。

「それから出してくれるか」

私は「分かりました」と返事をして、壁に掛けてあった白いエプロンをする。

そして、レードルを鍋に入れて三つの白いスーププレートに盛り付けたら、最後に晃さんが緑の小さな香草を色取りにちょこんと置いた。

コテージ比羅夫の円形のスーププレートは直径二十四センチくらいあるけど、皿をまとめて運ぶのは居酒屋で鍛えられたスキルなので、私は大得意。

「うちは店員が少ねぇんだから、キッチンとの往復回数をなるべく減らす努力をしろ！」

それが先輩から受けたブラック指導の一つだ。

ソーサーの上にのせれば熱くないので、左前腕も使って二枚持てれば、右手で一枚を持つだけだから余裕。

「では、ポトフを出しま〜す!!」

晃さんは「おう」とだけ返事して、オーブンで今まで焼いていた肉の塊を金属網の上にゴロンと置いて、そこに金属の串を刺して火の通りをチェックしていた。

おいしそうな料理は、運ぶだけでウキウキしてくる。

これを食べた人の嬉しそうな顔を期待してしまうからだ。

廊下から飛び出した私は「お待たせしました〜」と笑顔で言った。

一斉に振り向いた南里君達のテーブルに、まだまだ湯気が上がっているスーププレートを運び、そっとランチョンマットの上に置く。

眼鏡サイドに手をあてながら、沼田君がスープを不思議そうな顔で覗き込む。

「ジビエ料理とのことでしたが……これはなんですか？」

「最初のお料理は、エゾシカのポトフでございます」

私は高級料理店の店員のようなつもりで、少し会釈しながら答えた。

「へぇ〜エゾシカのポトフですか……。初めてですね」

やっぱり初めてだと、ちょっと怖いかな？

そんな心配を私がしていると、横から大きな声がした。

「うめぇ〜な、このスープ。こんなスープは初めてくうぜ」

沼田君が振り向くと、もう佐山君は右手にスプーンを持ってガツガツ食べていた。

「おっ、このソーセージ、噛めば噛むほどおいしいな」

スープの匂いに誘われたのか、南里君も食べ始めていた。

二人が食べだしたことで、少し戸惑っていた沼田君もスプーンに野菜をのせてスープと一緒に食べ出す。

ゴクンと飲み込んだ瞬間、フッと顔つきが変わるのが分かった。

「……おいしい」

その言葉に、私は飛び上がりたいほど嬉しくなる。

「ありがとうございます。コックにも伝えておきますね。では、ごゆっくりどうぞ……」

そう言った時には、佐山君はポトフを食べ終わりそうだった。

さすが人生の中で一番量を食べるだろう年ごろの大学生は、食欲が段違い。

私はスキップしそうな勢いでキッチンに戻って叫ぶ。

「大好評です。晃さん！」

ジュージュー鳴るフライパンをオーブンから取り出しながら、晃さんは白い歯を見せて嬉しそうに笑う。

「それはよかった」

「戻ってくるまでに食べ終わっちゃいそうなお客さんもいたくらいです」

「そうか。若いと食べるのが早いからな。じゃあ、どんどん出していくか」

金属網の上で少し休ませていた肉の塊をまな板に置いて、銀に輝く長い包丁を慣れた手つきでスッスッと入れていく。

一枚一枚切られた肉は、まるでローストビーフのように鮮やかなピンク色だった。

「よしよし、うまくいったぞ」

晃さんはうまく焼けたのが、本当に嬉しそうだった。

「それエゾシカのステーキですか⁉」

ショーを見ているようで、こうなると私も楽しくなってくる。

「野生のエゾシカの肉だから、火はしっかり入れておかなきゃいけないけどね。高温で焼くと火が入り過ぎて、ロース肉でも外はパサつくし、中は生っぽくなっちまう」

「それじゃダメですよね」

「だから、肉は常温に戻してから、たっぷりの塩と香辛料をすり込み、まずはフライパンにバターをたっぷり入れて焼きを入れる」

「へぇ〜バターをたっぷりなんですか」

「野生のエゾシカ肉は脂肪分があまりないからな。肉に脂肪分を取り込ませるようにするんだよ。そして、表面に焼き色がついたらアルミホイルの上に置いて、しっかり中まで火が通るように、じっくりとオーブンで焼いていくんだ」

私が三枚の丸い白のディナー皿を置くと、そこに晃さんは肉を菜箸で並べていく。横に茹でたアスパラ、ブロッコリー、赤かぶ、マッシュポテトを置き、最後に小さな片手鍋をコンロから持ってきて、スプーンで肉の上に褐色のソースをひいた。

見ているだけでテンションが上がる。

亮もそうだけど、料理のうまい人は皿をキャンバスにして、まるで絵を描いているみたいに盛り付けていく。

そして、盛り付け一つで、料理の味はなん倍にもふくらむのだ。

最後にクレソンをのせた晃さんがにこっと微笑む。

「いいぞ、完成だ。持っていけ!」

そう言われると、昔のクセが出る。

「はい! まごころ込めて!!」

「なんだそれは?」

亮と同じように、やっぱり晃さんも少し引いた。

「遺伝子レベルまで刻み込まれたクセで……つい」

アハハと笑ってごまかして、私は三つの皿を持ち急いでリビングへ届ける。

嬉しいことにポトフは、三人ともキレイに食べ尽くしてくれていた。

私はポトフの皿を片付けつつ、エゾシカのステーキをそれぞれの前に置いていく。

「こちらはエゾシカロースのステーキになります」

料理を見た三人は『うわぁ』と声をあげて盛り上がる。

もちろん、皿から漂う香りから、これもおいしいとすぐに分かるからだ。

すぐにナイフとフォークを持った三人は、カチャカチャと音をたてながら肉を切り、皿に描かれたソースをグッとつけてほおばった。

すぐにテーブルの上に「おいしい」「うめぇ」という言葉が飛び交う。

そして本当においしい時は、食べることに集中するから会話が少なくなってしまう。

私は三人の食事の邪魔をしないように、スーププレートを三枚持ってキッチンへ戻った。

そして、気になっていたことを晃さんに聞く。

「少し心配していたんですけど、エゾシカって臭みとかないものなんですね」

晃さんはフフッと微笑む。

「臭みの原因は血抜きが不十分だからさ。自分は猟師だからしっかり血抜きをしているし、そのあと、牛乳やワイン、麹なんかにじっくり浸けておけば臭みは消える」

「そうなんですね」

晃さんは、圧力鍋のフタをカシャンと回して開く。

「本当のコースなら最初は魚なんだろうけど、今日はエゾシカのフルコースだからな」

「次はなんですか？」

レードルを鍋に入れた晃さんは、嬉しそうに茶色の物をすくいあげて見せる。

「今日のメインディッシュは、エゾシカのシチューだ」

「おぉ～、エゾシカシチュ～～～!!」

知らないうちに、私が一番盛り上がっている。

「でも、シチューなんて、作るの大変だったんじゃないですか？」

心配する私に、晃さんは「いやいや」と余裕の笑顔を見せる。

「シチューは一番簡単さ」

料理上手な人の「一番簡単」はあまり信用できない。

「本当ですか～？」

私は疑うように聞き返す。

「モモやスネ肉を適当な大きさに切って、香草なんかと一緒に鍋に放り込んで、ワインと水でしばらく煮るだろ。そして、肉が柔らかくなったら、スライスした玉ねぎ、人参、じゃがいも、ブロッコリーをフライパンで焼いて、それと一緒にトマト缶を入れて再び煮込んで、最後にデミグラスソースを入れて味を調えれば完成だから」

やっぱり……簡単じゃないし。

料理があまり得意ではない私からしてみたら、もう、エゾシカシチューの工程を聞くだけで気が遠くなりそうだ。

ゼラチン質のスネ肉がドロリと溶け込んだ、デミグラス味のエゾシカシチューをシチュープレートに次々に注いでいき、サイドに切ったフランスパンを添えた。

もちろん、エゾシカシチューも南里君達には大受けで、一番体格のいい佐山君なんかは「おかわりをもらえませんか⁉」と言ったくらいだった。

更に北海道名物になってきた、から揚げの「エゾシカモモ肉ザンギ」を出した晃さんは「締めがいるよな」と、コースの最後にエゾシカの肉のミートソースパスタを作って、大きな皿にドカンと盛って出していた。

いくら大学生とは言え、今日のコースはなかなかの量だったはず。

そして、これこそコテージ比羅夫らしい料理と言っていい。

なぜならコテージ比羅夫の自慢は「素材のおいしさとボリューム」だから。

徹三じいちゃんの時代から「コテージ比羅夫の料理のボリュームはハンパねぇ」という感想が多かったらしいから。

一瞬「出し過ぎたかな？」と心配になったが、佐山君がバリバリ食べてくれたので、最終的には全ての皿は空になっていた。

そんな皿を片付けてから、私はデザートのアイスクリームとコーヒーを持って三人のテーブルへ行く。

「お食事の量ですが、ご満足頂けましたか？」

私は一人一人にコーヒーカップを置きながら微笑む。

「いや、もう十分です」

「ありがとうございました」

と、南里君と沼田君は、椅子の背もたれに背中を置きながら答えた。

「うまいものをこんな出しちまって、あんな安い宿泊料で本当に大丈夫っすか？」

心配してくれた佐山君に、私は首を横に振って微笑む。

「いいえ。こちらこそ突然のジビエ料理をOKして頂き、本当に助かりました」

三人は顔を見合わせてから、南里君が言う。

「ジビエ料理、本当にすごくおいしかったですよ」

「これをコテージ比羅夫の名物にされてはどうですか？」

沼田君は眼鏡の真ん中に右の中指を置きながらにっこりして言った。

「そうそう、次に来た時も、これ絶対に食いたいもんなっ」

佐山君はアッハハと豪快に笑った。

「そうですね。検討してみますね」

楽しそうな三人を見ながら、私はニコリと笑った。

やがて、リビングでゆっくり過ごした三人が部屋へ戻って行こうとしたので、私はコテージ比羅夫の説明をするために、まずホームを指差す。

「お風呂はホームにありますのでお一人ずつ交代でお入りください。それから、朝食については朝7時にご用意させて頂きますので、また、こちらへお越しください」

南里君達は『分かりました』と笑顔で応えて、二階へ階段を上がっていった。

三人の背中を見送った私は、テーブルの上に残っていた食器をトレーにパッパッとのせてキッチンへと戻った。

もちろん、晃さんに「全ての料理が、すっごい好評でしたよ」と伝えることが一番の目的なのだが、私が急いだのにはもう一つ理由があった。

トレーを持ってキッチンに飛び込んで私は、笑顔で叫ぶ。

「今日の料理、残っていますか〜!?」

もう料理は出し終わっていたから休んでいるかと思ったが、晃さんはまだコックコートを着たままコンロの前に立っていて、私に向かってクルリと振り向く。

「もちろん。この料理は美月ちゃんにも、ぜひ食べてもらいたいからなっ」

嬉しかった私は、パチンと指を鳴らす。

「やった！　じゃあ、すぐに片付けますね」

シンクに突っ込まれていた調理道具やお皿なんかを洗っている間に、晃さんは料理を全て温め直してくれる。

「どこで食べるんだ？」

周囲を見回す晃さんに、私はニコリと笑ってキッチンを指差す。

「ここでいいですか？」

「ここで？」

聞き返す晃さんに、私は答えた。

「うちは従業員専用のリビングがないので……。すぐに準備しますね」

私はキッチンの真ん中にあった作業用テーブルの上をサッと片付けて、棚に入れてあった赤と白のチェックのテーブルクロスを掛けた。

それだけで、小さいが二人なら十分なテーブルができ上がる。

お客さんが誰も泊まっていない時はリビングで食事をするが、泊まるお客さんがいる時には亮とキッチンでこうして食べることにしているのだ。

「まかないだから、大皿でいいよな」

晃さんは料理ごとに一つの皿に入れてテーブルの上に並べだす。

その間に端に置いてあったカウンターチェアをテーブルを挟むように置き、テーブルクロスの上にランチョンマットを敷いてシルバーと白いお皿を置いた。

「へぇ〜いいキッチンだな」

「これも徹三じいちゃんが、作ってくれたものなんです」

徹三じいちゃんは本当に使いやすいように、コテージ比羅夫を改装してくれていた。

晃さんが助っ人で来てくれたおかげで、今日はエゾシカのポトフ、ステーキ、シチュー、ザンギ、ミートソースが並ぶ豪華な食卓の夕食となった。

椅子に座った晃さんが手を合わせて目をつぶったので、私も目を閉じる。

『いただきます』

晃さんが獲ってきたエゾシカを食するというのに対し、私もいつもとは違って「命をいただきます」って想いを込めた。

目を開くと、晃さんがフッと笑う。

「よしっ、食べよう！」

「そうですね」

早速大皿から取り皿にとって食べだしたけど、どの料理もめっちゃおいしい！

近くにこんな料理を出すレストランがあったら、きっと通ってしまうだろう。

「エゾシカって、本当においしいですね！」

私がそう言うと、晃さんはニヤリと笑う。

「だから、たくさんの人に、食べてもらいたいんだよね」

料理がおいしいと、すぐに頭に湧き上がることがある。

「これは一緒にビール飲んだら最高ですよ！」

椅子から立ち上がった私は、冷蔵庫から赤い星のついた瓶ビールと、常に冷やしている薄いガラスのビールグラスを二つ取り出して晃さんをチラリと見る。

「晃さんも飲みます？」

申し訳なさそうな顔で、晃さんはハンドルを持つ仕草をする。

「今日、自分は車だからな～」

「明日も狩猟なんですか？」

「いや、明日は休む予定だ」

私はニヒヒッと悪魔のように笑って「だったら……」と提案する。

「じゃあ、泊まっていきません？　こんなのお礼のうちにも入りませんけど」

「いや～自分はちょこっと夕食作っただけだからさ～」

遠慮する晃さんへ向かって、私はぐいっと体を傾ける。

「私、晃さんの狩猟の話を聞かせてもらいたいんです！」

そして二階を指差して続ける。

「うち、ベッドだけはいっぱいありますから～」

しっかりうなずいた晃さんは、私の持っていたグラスを一つとる。

「そこまで言われちゃ～、断るわけにもいかないなっ」

「ありがとうございます！」

私が瓶ビールの栓を抜くと、スポンと気持ちいい音がして霧のような白い煙がフワッと出てくる。

黄金色に輝くビールを、キンキンに冷えたグラスに注ぎ込むと、丁度瓶が一本空になる。

私達は、グラスを持ち上げてキンと鳴らす。

「お疲れ様で～す」

「おうっ、お疲れ」

グラスの縁に唇をつけて冷たいビールを一気に喉に流し込む。

喉を伝わってドクドクと体に流れ込んでくるビールは、本当においしい。

一撃で半分近くまで飲み干した私達は、二人ともキュッと目をつぶって叫んだ。

『クハァァァァァァ〜!!』

それだけで私は「あっ、晃さんとは、いい友達になれそう」って感じる。

「晃さん、お酒いける方なんですね」

フッと笑った晃さんは、グラスに残っていたビールをすっと喉へ流し込む。

「いや、嗜《たしな》む程度だ」

「それ、飲める人しか言わないセリフですよね」

そこで顔を見合わせた私達は笑い合った。

こんなおいしい酒の肴がズラリとあるのだから、ビールがすすまないわけがない。

あっという間においしいビールとエゾシカ料理の無限ループに陥る。

私が次の瓶ビールを取り出そうと冷蔵庫に歩き出したら、廊下からスタスタと歩くスリッパの音が聞こえてきて、キッチンにフッと顔が出た。

「その感じだと、今日はうまくいったみたいですね」

ゲレンデでも目立つオレンジのスキーウェアを着た健太郎が、嬉しそうに言った。

健太郎は銀縁眼鏡が似合うインテリ系のイケメンだけど、冬でもガッツリ日焼けしているから、スキー場以外で会うと少しチャラっぽく見えてしまう。

亮が正月休み中は、健太郎が泊まりにきてくれることになっていた。

「もちろんですよ！　全て晃さんのおかげです」

そう言いながら見た晃さんは、顔が少し赤くなっていた。

「おっ、やっときたか」

ビシッと指差した少し酔っ払いの晃さんは、もう一つの椅子を自分の横に置いて、座面を右手でパンパンと叩いた。

「健も飲もうぜっ！」

「わっ、私は明日もスキー場の――」

セリフの途中で健太郎の右手を晃さんが引っ張って、横の椅子に座らせた。

「朝までに酒は抜けるだろ」

私の方は新しいグラスを冷蔵庫から出して、素早く健太郎の前に置く。

アハッと笑った晃さんはパンと健太郎の肩を叩き、私はグラスにビールを注ぐ。

今日初めて会った私と晃さんだが、そのコンビネーションは流れるようだった。

「なんかお二人は……すごく仲良くなっていませんか？」

「いいじゃないか。悪いことじゃないだろ？」

私もうなずいて「そうですよ」と応えた。

私と晃さんのグラスにビールを注ぎ直し、改めて乾杯する。

『お疲れ〜〜〜!!』

私と晃さんのピタリとタイミングの合った声がキッチンに響いた。

アッハハと楽しそうに笑い合う私達を眺めながら、健太郎は少しずつビールを飲んで付き合ってくれた。

そんなコテージ比羅夫の冬の夜は、ジビエ料理と共にゆっくりと更けていった。

第三章　十数年ぶりのお客さん

コテージ比羅夫で初めてのジビエ料理を出した次の日。

一緒に付き合ってくれた健太郎は、ちゃんと一番列車の6時31分発長万部行普通列車の音で目を覚まして、車でスキー場へ出かけていった。

私もかなり飲んだけど、体には染みついているので列車の音で目を覚ました。

朝食の材料はあったので、7時までにサッと準備を整えた。

7時前に起きてきた南里君達は、スキー場のオープンに間に合うように、朝ご飯を急いで食べて、私が呼んだタクシーに同乗して去って行った。

男前猟師の晃さんは昼近くまでぐっすりと寝てから、再び自衛隊のような四輪駆動車に乗って帰っていったので、私は「またお願いします！」と見送った。

夏場は「ホームでバーベキュー」という売りのあるコテージ比羅夫だが、冬はそこまでインパクトのある料理は出せていなかった。だから「北海道の駅にある宿でエゾシカコース料理！」は、もしかしたら新たなるアピールポイントになるかもしれないと思ったのだ。

ただ、問題は一つだけあって……。

食材はエゾシカで狩猟は晃さんにお願いしなくちゃいけないのだが、ちゃんとコテージ比羅夫での予約に合わせて「食材を確保できるのか?」という心配があったのだ。

「ある程度定期的に使ってくれるのなら、たぶん、猟師仲間と調整して安定供給できるとおもう」と晃さんが言ったので、私は少し可能性を探ってみることにした。

昼過ぎには、いつも仕入れを頼んでいる業者が、今日はちゃんと持ってきた。

昨日のことがあったから、なんだかサービス品を山盛りつけてくれた。

「本当に昨日はすみませんでした!」

納品に来たおじさんは、すごく恐縮しながら頭を深々と下げて謝ってくれたけど、雪のせいだから業者さんが悪いわけじゃない。

「なんとかなったので大丈夫ですよ」

結果的に晃さんという貴重な友達もできた私は、上機嫌でニコニコして答えた。

まずはベッドメイクをするので、シーツを四セット抱えて二階へあがっていく。

南里君達が使っていた「北斗星」と、晃さんが寝た「さくら」の部屋のシーツを全て剝がして掃除をする。

秋の紅葉シーズンの頃の忙しさに比べれば、こんなの楽なものだ。

掃除を終えたら午前中いっぱいかけて、シーツがピンと張るようにベッドを作った。

少し余裕なのは、カレンダーの今日の欄は空白だから。

リビングに戻ってきた私は、壁に掛かっていたカレンダーを指差し確認する。

「今日の予約はなし！」

最も予約が少ない時を選んで、亮は正月休みをとってくれたわけで。

宿泊施設というものは、お客さんがまったく来ない日は掃除くらいしかやることがない。

いつもなら二人でおいしい昼食を食べるけど、今日は一人なので亮がいたら絶対に食べないカップラーメンでサッと済ませた。

昼休みを終えた私は長靴を履いて玄関から出て、夏はバーベキュー道具を置いてある倉庫から、デッキブラシやバケツを持ちだして、今日もいいお天気のホームを歩く。

お客さんが来ない時には、お風呂場の徹底的な掃除をやっておくのが、コテージ比羅夫の習わしだ。

こういう時には浴槽からお湯をすべて流す。

三月の天気のいい日なら窓とドアを全部開け放ち、中にある物をできるだけ天日にあてて、デッキブラシでゴシゴシと丸太風呂と床を磨けるのが気持ちいい。

「なぜ、お客さんの使う場所を掃除するのは、こんなに楽しいんだろう」

私は別に掃除好きじゃないから、自分の部屋であるオーナー部屋は毎日のようには掃除はしない。

だけど、客室やお風呂場、リビングの掃除は毎日でも楽しく感じる。

反対に掃除をする時間がとれなくて、仕方なくお客さんを迎える時は「申し訳ないなぁ……」と、感じてしまうくらいだ。

そんな私だから「今日はお客さんが来ないから、徹底的に掃除をやれるぞ」というのはテンションが上がった。

全ての掃除を終え、再び浴槽にお湯を満たして循環装置のスイッチを入れた私は、掃除道具を倉庫へしまいリビングに入った。

時計を見ると15時半を少し回ったところだった。

このくらいの時刻が従業員にとって最ものんびりできる時間。

「今日はお客さんも来ないし、少しだけ昼寝してもいいよね」

私はリビングのクローゼットから、中に羽根の入ったフカフカの夏用寝袋を取り出す。

とてもお客さんに見せられる姿じゃないけど、私は暖かな薪ストーブの前に夏用の寝袋を敷いて、その中で丸まって寝るのが好きだ。

これは北海道が寒くなってきてから発見したマイブームなのだ。

「リビングでなにやってんだよ？」

と、亮にはいつも呆れられるが、一度やったら気持ちよくてやめられない。

今日は亮がいないのでノビノビと薪ストーブ前で寝られる。

ストーブの中でオレンジに輝く薪をボンヤリと見つめながら亮のことを考える。

「そう言えば……『千歳から飛行機』みたいなことを言っていたような気がしたけど、正月休みは、どこへ行ったんだろう？」

二人でもう半年以上暮らしているけど、亮の趣味とか「長い休みにはなにをして過ごしているの？」って聞いたことがなかった。

だから、今回も特に聞かなかったのだ。

「三泊四日なのに、あの巨大なキャリーバッグ……。きっと、着替えだけじゃないはずだよねぇ〜〜」

あくびをしながら、私はそんなことをボンヤリ思った。

昨日遅くまで飲んでいたこともあって、私はすぐに眠りに落ちた。

なんとなく、列車が来るような気配がして、私はゆっくりと瞳を開く。

半分眠った状態を、しばらくまどろみながら味わう。

眠った時より薪は燃えてしまっていて、赤くゆったりとした火になっていた。

気持ちいい昼寝から目覚めた私は、グイッと両腕を伸ばして寝袋を体から引き離す。

「あぁ〜、これは人間をダメにしてしまう」

あまりにも気持ちよくて、ほっておいたらいつまでも寝てしまいそうだった。

体を起こして立ち上がり、寝袋を畳んでテーブルの椅子の上に置く。

その時、小樽方面から列車がゆっくり近づいてくる音が聞こえてきた。

「もう、17時2分か」

余程の積雪でもない限り、一分の狂いもなく走らせるＪＲ北海道の列車は、コテージ比羅夫にとっては時計みたいなもの。

ゆったりと時間の流れるここでは、東京で分単位で暮らしていた頃とは違って、一日十四本のダイヤ以上に細かい予定はない。

時刻を刻む時計がなくても、やってきた列車を見ながら「起きなきゃ」とか「そろそろ夕食の準備を」という生き方で問題ないのだ。

列車の左前方の西の空には沈みゆく太陽が見え、空はオレンジに染まりつつあった。

「出迎えに行こう……」

待合室から駅前広場を見ると、いつも通り高校生の息子や娘を迎えに来た三台の軽自動車が待機していた。

ホームに立った私は、目を凝らして運転士の顔をチェックする。

「今日は吉田さん……かな？」

駅舎前が前方ドア停止予定位置になっているので、そこで列車を出迎える。

小樽方面からやってきたハイブリッド気動車が、ホームに入ってから減速した。

やはり運転士は吉田さんで、私の顔を見てニコリと微笑む。

吉田さんがブレーキレバーを引くと、キィィンという音が響いて列車はスッと停車した。

大学時代からの親友で、よく一緒に旅行した鉄道好きの「木古内七海《きこないななみ》」が教えてくれたが、日本の列車の運転席は蒸気機関車の昔から進行方向に向かって左側。

比羅夫にホームは片側にしかないので、小樽方面からやってきた車両はホームが左側になる。

だから、吉田さんはすぐ左の壁にあるボタンを押すだけでドアを開けられる。

逆に長万部から来た列車なら、運転席を一旦立って運転台の反対側まで行き、逆側のドア開閉ボタンを押さなくてはいけない。

プシュュとドアが開くと、学生服を着た高校生が全部で五名おりてきた。

これが平日は毎日見られる比羅夫の夕方のラッシュアワーで、学校を終えて部活をやらない高校生は、この17時2分の列車で帰ってくる。

17時2分の列車は地元の人が最も多く利用する列車なので、時間がある時は、なるべく私は「出迎える」ようにしているのだ。

「おかえり〜」

私は一人一人笑顔で迎えながら声をかけた。

最初の頃は比羅夫から乗下車する全ての人の名前を亮が覚えていることに驚愕したが、ここで下車する人も居酒屋メニューより少ないので、私も三か月ほどで覚えてしまった。

もうみんなと知り合いだから「ただいま」と言いながら通っていってくれる。

いつもなら五人が下車したらすぐにドアが閉まるのに、なぜか今日は開いたままで運転士の吉田さんが後ろを指差し、わざわざ立ち上がって客室の方を向いた。

ってことは……、下車する人が他にもいるってこと？

高校生は全員定期券だから、運転士は下車する時にチェックしなくても大丈夫。

だから、立ったということは「切符のお客さんがいる」ということなのだ。

私はここ数日の出来事を思い出す。

「昨日、今日で誰か、比羅夫から出て行ったかな？」

こんな思考になっているのも変なものだけど、比羅夫から列車に乗っていく人はすごく少ないので、たまに出掛ける人がいる時は、誰なのかを見ていることが多いのだ。

私はチラリと駅舎を見る。

「今日、うちの予約客はいないし」

高校生達は立ち止まることもなく待合室を通り抜けて、迎えの軽自動車に乗り込んだり、徒歩で駅から消えて行く。

そんな駅前の光景に気をとられているうちに、列車のドアがカシャンと閉まった。

「じゃあな、美月ちゃん」

ファンと気笛を鳴らして走り出す吉田さんに、私は右手を振る。

「いってらっしゃい〜」

ブォォォとエンジン音が高鳴り、ハイブリッド気動車が比羅夫から走り出していく。

私はいつものように長万部側のホームの先端に立って、列車が少し向こうにある左カーブへ入って見えなくなるまで見送る。

知らないうちに、私はこうするようになっていた。

列車を見送って駅舎へ戻ろうとした時、横を向いた私は「えっ⁉」と驚いた。

そこには知らないうちに、一人の中年男性が立っていたからだ。

あれ？　さっきの列車から下車してきた……よね？

私の横に立ち列車の行方を見つめる中年男性は、たぶん四十代くらい。

比羅夫の人じゃないな……。

それが一目で分かったのは、とてもオシャレなファッションをしていたからだ。

ウェーブのかかった少し長めの黒髪で、茶のグラデーションの大きいサングラスをかけている。

白いシャツに薄いグレーのテーラードジャケットを羽織り、ボトムスは黒いスリムデニム、足元は黒い革靴を履いていた。

旅行バッグとかキャリーバッグもなく、右手に細長い銀の袋を一つ持っているだけ。

中年だけどメタボ体型になっておらず、頭も薄くなっていない。

パッと見た感じはちょい悪ではない「ダンディな男の人」って感じだった。

比羅夫にこんなファッションの人はいないから、すぐに分かった。

うちに泊まるお客さん以外の人で比羅夫に下車する人は、だいたい一目散に駅から出ていく。それなのに男の人は、まだ、ホームに残っていた。

残念ながら比羅夫には日常生活が普通に送れるかどうかが心配になるくらいになにもない。駅前にはファミレスはおろか、コンビニさえないのだから。

ローカルな町によくある、おばさんのやっている小さなスナックさえもないのだ。

もちろん、駅前に停まっていた軽自動車は、全ていなくなってガランとしている。

荷物が少ないから……観光客なのだろうか？

ボンヤリと横顔を見ていた私は声をかける。

「こんにちは……」

私は知り合いでも、そうじゃなくても、比羅夫に下車した人全員に挨拶をするようにいつもしているのだ。

ここはコテージ比羅夫の庭なのだから。

いきなり声をかけられたことに、男の人は少し驚いたような雰囲気で応える。

「あぁ……こんにちは」

少し低めの渋い声が返ってきた。

「お迎えの方が、遅れていらっしゃるんですか？」

男の人は首を私へ向ける。

「誰にも迎えは頼んでいないよ」

「比羅夫にはタクシーもバスも来ませんが……」

「それは知っている」

ってことは……比羅夫のことを少しは知っている人ってこと？

まさか……とは思うが、一応、聞いておく。

「もしかして……『コテージ比羅夫』をお探しですか？」

予約をしていなくても「この近くで泊まれるところはありますか？」と観光案内所などで聞いて、突然やってくる人がいないわけじゃない。

私もそうだったが駅舎しか見えない比羅夫では、初めて来た宿泊客が「コテージはどこだ？」と迷っていることもあるのだ。

男の人は迷うことなく、スッと駅舎を指差す。

「コテージ比羅夫は、そこだろう」

うん？　いったいどういうことだ？

私が首を捻った瞬間、男の人はカチャリとサングラスを外した。

その顔を見た瞬間に、私は思わず「あっ」と声をあげた。

「おっ、お父さん⁉」

家を出ていったのは十二歳の時だったけれど、父の顔はしっかり覚えている。

なぜか父はまったく衰えておらず、出て行った頃の顔とあまり変わらなかった。

きっと、年齢は五十前になっているはずだから、本当なら髪には白髪が混じり目尻にも深いシワが刻まれていておかしくないはずだけど、そういうことがまったくなかった。

そんなことを気にするより、私は十数年ぶりの再会に驚いてしまう。

「どうしたの⁉　突然」

十数年ぶりなのに、親子というのは不思議なものだ。

父だと分かれば、いつもお客さんに使う敬語なんて、すぐに吹き飛んでしまう。

父は気恥ずかしそうに駅舎の方を向く。

「その……親父が作ったコテージを美月が継いだって、兄貴から聞いたからね」

「哲也《てつや》おじさんから？」

父は私に向かって振り返って、少し申し訳なさそうな顔をする。

「すまない。十数年ぶりにいきなりやってきて親父面はなかったな。やはり『桜岡さん』と呼んだ方がいいか？」

私は首をすくめた。

「いいわよ、美月で」

父は「そっか」と少し嬉しそうに微笑んだ。

徹三じいちゃんのお葬式に父は出たはずなので、本来ならそこで再会していたはずだ。

だが、ブラック居酒屋チェーンで店長をやっていた私は、休みをもらって北海道へ行くことができず、徹三じいちゃんのお葬式には出られなかったのだ。

その時、羊蹄山から冷たい風が吹き下りてきたので、ブルッと体を震わせた私は玄関を指差して歩き出す。

「とりあえず中に入らない？」

「じゃあ、お言葉に甘えて、そうさせてもらおうか」

私に対して後ろめたさがあるからなのか、もともとこういう恐縮した感じで話す人だったのかは思い出せないが、少しオドオドしているような感じがした。

駅舎を通って先に玄関に入った私は、お客さんを出迎える時はいつもそうしているように、サッとスリッパを揃えて父の前に並べる。

「すまない、美月」

父は、私が用意したスリッパに足を入れてゆっくりと歩き出す。

周囲を見回した父は「ほぉ〜」と感心したような声をあげた。

「こういう風にしたのか……。さすが元大工の親父だな」

薪ストーブ前に誘導しながら、私は父に聞く。

「あれ？　ここへ来たことなかったの」

「ここで『これからコテージを始める』って、親父が言っていた時に来たのが最後だね」

「そうなんだ」

「その頃はまだまだ『駅のまんま』って感じで、ここも単なる駅員室だったよ。それを親父が一つ一つ自分で改装したんだな」

父は感慨深げにリビングを見回す。

「どうしてそれから一度も泊まりに来なかったの？」

特に意味はなかったが、私はなんとなく聞いた。

父は冷えた両手を薪ストーブにかざす。

「僕は札幌に住んでいたからね」

「札幌からだったら、三時間もあれば来られたでしょ」

「だから……なんとなく『いつか行くだろう』なんて軽く考えていた――」

そこで言葉を切った父の顔を、薪ストーブの火がオレンジに輝かせた。

一拍おいてから、父は静かに呟く。

「いや……親父はいつまでも生きていると思っていたんだ」

ストーブの中で燃えていた薪が割れてパンと大きな音をたてた。

その言葉は私の心にそっと触れ、心臓を摑まれたようにキュッと一瞬縮む。

「そっ、そうよね……。親が死ぬなんて想像もできないし……」

「その通り……。まさかこうもあっさり死ぬなんて……な」

父は徹三じいちゃんの手掛けたリビングを、感慨深く見つめていた。

私は、四十代の母や父が「もしかしたら明日いなくなるかも」なんてこと、まったく想像できない。

父の言う通り、私も「親はいつまでも元気」と思っているのだ。

でも……きっと、親の死に直面したら、泣き崩れてしまうだろう。

つまり、なんの覚悟もできていないだけなのだ。

私が黙っていると、父もなにもしゃべらず、じっと薪ストーブの炎を見つめていた。

気がつくと太陽が沈んでいて、リビングはすっかり暗くなってきていた。

「あれ？　もうこんなに暗くなっている」

なんだろう……この不思議な感覚は？

父と過ごす時間は止まっているようにも、いつもより早く進んでいるようにも感じた。

電気を点けようとした瞬間、父が唯一持っていた長細いバッグを私へ向かってグッと差し出す。

「これ、大したものじゃないんだが……」

私は、その銀色のバッグを受け取る。

「ありがとう」

中には保冷剤と一緒にボトルが一本入っていた。

「これは？」

「十二歳の時に別れた美月に、なにを土産にすればいいのか分からなくてな。結局『ここへ来るなら……』って、親父が好きだったものにしたんだ……」

それはスパークリングワインだった。

バッグから取り出してボトルの横のラベルを見たら、エンジェルフォールという会社のナチュラルスパークリングというワインだった。

確かにコテージ比羅夫の大きなワインセラーにも、これは常に一本冷やしてある。

「徹三じいちゃんが好きだったスパークリングワインね」

「親父の仏壇にでも、供えてやってくれ。いや、仏壇は札幌の兄貴のところだったか？」

「分かった。じゃあそうするね」

そう言って一度はボトルを持ったが、少しだけ考えた私はスパークリングワインをテーブルに置いたまま歩き出す。

「徹三じいちゃんも、きっとそうするはずよね……」

リビングの電気を点け、そのままキッチンへ向かう。

冷蔵庫に直行してチーズの塊を五、六個取り出し、いくつか切り出して、大きなディナープレートに盛り付けた。

残念ながら亮のように美しくはできず、どこかのチェーン店系居酒屋で見かける「六種のチーズ盛り」といった雰囲気だ。

「でも、ブラック居酒屋チェーンとは、素材がまったく違うから」

そんなことで盛り付けのひどさには目をつぶって、残ったチーズの塊は冷蔵庫へ適当に放り込む。

そして、ワインセラー近くに置いてある白いきれいな布を一枚取り出す。

左手には白い布と一緒に六種のチーズ盛りを持ち、シンクの上に逆さまに吊ってあるグラスラックから、フルートグラスを二つ取って右手に持ってリビングに戻る。

じっと薪ストーブの火を見つめていた父の横にフルートグラスを一つ置き、テーブルを挟んだこっち側に、私用のフルートグラスをコトンと置いた。

振り向いた父は、少し驚いたような顔をした。

「……美月」

「十数年ぶりに会って、シラフじゃ話しにくいでしょ」

私はナチュラルスパークリングの瓶口に白い布を被せ、十字にコルクをおさえている金具の針金を少しずつ緩めながら続ける。

「私だってそうだし……」

そういうと、父は静かに頷いた。

「確かに……そうだな」

針金が緩んでもミュズレは外さず、左手で布の上からしっかりとコルクを握る。

そして、右手に力を入れて、ゆっくりとボトル本体を回していく。

コルクがボトルの内側から剥がれた瞬間に、左手には飛び出してくるような感覚が伝わり、耳を澄ましていると、シュユュとガスが抜けてくる音がしてくる。

こうすることで、スパークリングワインを開ける時によく起こる爆発は避けられる。

私はボトルを右手に持ち、まず父のフルートグラスにスパークリングワインを注ぐ。

ピカピカに磨かれた細くて薄いフルートグラスを、黄金色のワインが、白い泡と共に満たしていく。八分目くらいまで注いだら、自分のグラスに入れた。

ボトルを二人の真ん中に置いて、私達はフルートグラスの脚を右の親指と人差し指でつまむようにして持ち上げる。

二人のスパークリングワインに、天井から吊られたペンダントライトの飴色の光が入ってキラリと輝いた。

「徹三じいちゃんに？」

私がそう言うと、父はフッと笑う。

「それもあるが……、美月との再会にもな」

「じゃ、献杯と乾杯」

「そうだな」

微笑み合った私達がグラスをぶつけると、キンという心地いい音がリビングに響いた。

口元だけが少し広がっているフルートグラスに唇をつけると、ナチュラルスパークリングが喉へスッと流れ込んでくる。

半分くらい飲んで口を離した瞬間、ランの花を思わせるような甘い香りが鼻に抜け、かんきつ系のさわやかな酸味とほろ苦さが口の中にパッと広がった。

「このスパークリングワインおいし～い」

お客さんが飲んでいたが、私はこのスパークリングワインを飲んだことがなかった。

「優しい口当たりだけど、辛口スパークリングワインなんだよね」

正確な感想を言って、父は続けてゴクリと飲んだ。

広告業界で社長をやっている母は「今日も朝まで付き合いますよ～」と、いつまでもバブっているような人なので、家でもお酒をよく飲んでいる。

そして、十数年ぶりに再会する娘のお土産に、スパークリングワインを選ぶ父も絶対にお酒が好きだろう。もちろん、父の父である徹三じいちゃんも、五十本は入るワインセラーをキッチンに設置した人だから、お酒が嫌いなわけがない。

そりゃ〜そんな一族に生まれたら、お酒好きにならないわけがないよ。

父の出現によって、改めて自分のお酒好きの原因を理解した。

私があっという間に空になった父のグラスに注ぐと、父はボトルを私から奪い、顔をほころばせながら、こちらのグラスにスパークリングワインを注いだ。

「美月と酒が飲める日が来るなんて……な」

そこで、私は父と暮らしていた家のことを思い出す。

「そう言えば、あの家のリビングに、ミニバーみたいなのなかった？」

「おぉ〜、よくそんなこと覚えているな」

父は嬉しそうに笑う。

「覚えているっていうかね。大きくなってから友達と家のことについて話した時『ミニバーがあった』って言うと、全員から微妙に引かれたの」

私はテーブルの脇から割り箸を出して、六種のチーズ盛りの皿と一緒に父へ向かってググッと押し出した。父は割り箸を割って、チェダーチーズを摑んで口へ入れる。

「あれはママが『欲しい』って言うから作ったんだ」

きっと、父の中では私との時間は十二歳で止まっている。

その時は母のことを「ママ」と呼んでいたのが、そのままになっているのだ。

「母さんが？」

「あの家はすごく辺鄙《へんぴ》な場所にあったから、近くに飲み屋がまったくなかったんだ。そこで、ママが『家の中に飲み屋が欲しい』って言い出してミニバーを作ったんだ」

父は懐かしそうな顔で教えてくれた。

「本当に二人とも、お酒が好きだったのね」

父は間髪入れずに答えた。

「いや、嗜む程度だ」

「それ、母さんが今でも言うけど……」

お酒が入ったことで気持ちも緩んできた私達は、顔を見合わせて思いきり笑い合った。

その時、私は子供の頃の記憶で一番インパクトがあった事件を思い出した。ただ、詳細が分からなくて、いったいどういうことだったんだろうと思っていたことだ。

「そうそう！　お父さんに聞きたいことがあったんだけど」

「僕に聞きたいこと？」

私はうなずきながら、ボトルに残っていたスパークリングワインを二人のグラスに注いでしまった。さすが「酒を嗜む親子」だけあって、七百二十ミリリットルのワインボトルが、一時間経たずして空になる。

「幼稚園の頃に、家で爆発事件がなかった⁉」

父はグラスに口をつけながら「あぁ～、あれか……」と、遠くの方を見ながら微笑む。

「ママから聞かなかったのか？」

私は首を左右に振る。

「それを聞くと『その話は止めて！』って、離婚の話より嫌がるから」

フッと笑った父は爆発事件の経緯を少しずつ話し出す。

「あの家はさっきも言った通り、自然に恵まれた場所の丘の上にポツンとあったから、下水道にネズミがよく出たんだ」

父は両手で「こんなに」と、割合大きな塊を作って見せる。

「そんなに大きいの⁉」

「いわゆる『クマネズミ』って奴で、体長がだいたい二十センチくらいある。茶褐色とか黒い毛で全身が覆われていてな。耳が大きくて尻尾も長いんだ」

「でかっ!!」

「流しの下や風呂場の下から、よくチュウチュウって声が聞こえてくるんだが、性格が臆病で警戒心が強いらしくて捕まえられないし、罠に引っかかることもない」

どうリアクションしていいのか分からないクマネズミ情報。

「その時、美月も小さかったから、ママが『美月が嚙みつかれたら……』って心配してな」

私は当時の母の心配事に少し笑ってしまう。

「そんなことってあるの?」

「寝ている赤ちゃんが『ネズミに嚙まれた』なんてことはあるらしい」

「でも、そんなの『痛っ』って程度でしょ?」

父は首を左右に振る。

「いや、ネズミはいろいろな菌を持っているらしくってな。一つ間違うと重度の感染症にかかったり、場合によっては死んだりするらしい。特に抵抗力のない子供はな」

「怖っ!!」

ネズミなんてかわいいもんだと思っていたが、実は凶悪な生き物だった。

「そこで僕に『駆除してよ』とママが言ったわけだ」

私は話がずれているような気がして聞き返す。

「どうして爆発事件の話を聞いたのに、クマネズミの話なの？」

父は「まぁまぁ」と手を上下させる。

「ネズミを駆除するために、僕は下水管の中の酸素を全て奪えばいいと考えた」

そのアイデアには「ほぉ～」と感心してしまう。

母が言っていたのは、こういう部分か。

「エンジニアのあの人は、いつも突拍子もないアイデアを思いつくの。そういう話を聞いているのは本当に楽しかったわ」

母がよく父のことをそう言っていたのを思い出した。

「下水道内の空気をなくせば、全てのネズミを一気に排除することができるだろう～」

「すごいねっ！　それで、それで⁉」

胸を張る父にたたみかける。

「そこで、僕はバイクの燃料タンクからガソリンを数リッター取り出した」

話が物騒な方向へ向かっていく。

「ガッ、ガソリン⁉」

スパークリングワインを飲みながら父はニヤリと笑う。

「僕は家の前のマンホールを開いて、ガソリンを少しずつ下水道に流し込み、下水道内に十分広がったところで……」

父は手にマッチを持っているフリをして「シュッ」と呟き放り込む仕草をする。

「もしかして、それで？」

私が唾を飲み込みながら聞くと、父は拳にしていた両手を上に向けてパッと開く。

「ズドォォォンと大爆発さ」

言い終わった父は、ここへ来てから初めて思いきりアッハハハと笑った。

「周囲の道路のマンホールのふたもパカンパカン跳ね上がってさ。僕の前髪は実験が失敗した博士みたいに爆風でチリチリになるしで大変だったよ」

私はあ然としていたが、父は大笑いしていて目から涙までこぼしている。

「二十年前のこととは言え……なにやってんのよ？」

呆れている私を見ながら、父はポケットから出したハンカチで涙を拭く。

「いや～、でも、ネズミはその日を境に、一回も声を聞かなくなったよ」

「そりゃそうでしょ！　空気がなくなって窒息じゃなくて、きっと、爆発の衝撃波でショック死しているか、コンクリート壁に吹き飛ばされて頭打って死んだのよっ」

クマネズミには悪いが、きっと一族全員がお亡くなりになったことだろう。

まだ、笑っている父を見ながら、私は母の言っていたセリフをもう一つ思い出した。

「面白いアイデアを思いつくんだけど、実際にどうなるかをあまり考えていない人なの」

「それ、消防とか警察が来て、大騒ぎにならなかったの？」

「まぁ、二十年前はお役所もまだ呑気な時代だったし、かなり辺鄙な場所で周囲に家もなかったから、特に問題にはならなかったよ」

ため息をついた私は父に聞く。

「お父さん……、ガソリンが爆発するって知らなかったの？」

「まさか密閉空間で気化したガソリンが、あんなに爆発するとは思わなくてな……。これが幼い美月の記憶に残っていた『爆発事件』の真相だ」

「知らなくていい真実だったような気がするわ」

父は真っ暗な窓から遠くを見る目をする。

「あの時はママにもの凄く怒られたなぁ。『美月になにかあったらどうすんのよっ』って」

「そっか、やっぱり母さん怒ったんだ」

なんか、そんな気がしていた。

「でも、どうして、そんな辺鄙なところに引っ越したの？　きっと、父さんだって仕事場へ行くのは大変だったでしょ？」

「もともとは都会の狭いアパート住まいだったんだが、美月が生まれた時に『伸び伸びした場所で育ててあげたいな』ってママと二人で話してね」

「そう……だったんだ」

私の心はポッと温かくなった。

父から話を聞くことはなかったし、母もああいう人なので、自分の気持ちを言うなんて恥ずかしいことをする人じゃない。

私は初めてこういう話を聞いて、改めて二人が私のことをとても大切にしてくれていたと感じた。

知らないうちに時間は経っていくもので、突然ホームに列車が入ってきていた。

この列車は、18時5分の小樽行き普通列車だ。

周囲はすっかり暗くなり、H100形の正面には四つのライトが輝いている。

コテージ比羅夫にお客さんが来ない時は、下車する人はいない。

今日も扉が開いただけで、すぐに閉められて出発していく。

「次の列車が小樽行の最終列車だったな」

列車が見えなくなった瞬間、父が少し寂しそうな声で言った。

「そう、次は21時25分だけど……」

「そっか、じゃあそれに乗って帰るから、もう少しだけここで待たせてくれ」

「えっ、えぇ。いいよ」

少し戸惑ったのは、不思議にも「寂しい」と感じたからだ。

今までまったく気にしたことのない父がやってきて、ただ、一時間くらい飲んだだけなのに「帰るから」と言われたら、私はフッと寂しくなったのだ。

私はワインが空くとワインセラーから一本出し、その度に簡単な居酒屋つまみを作ってはリビングに持ってきた。

十数年離れていたので、話すことには困らなかった。

でも、私は父がいなくなってからの家のことは話さず、ブラック居酒屋チェーンに就職してからのことや、コテージ比羅夫で起きたことなど、比較的最近のことを中心に話した。

父も新たな家庭のことは話さず、私が小学生の頃のことなんかを話した。

なんとなく、お互いに微妙な時期のことについては話さなかった。

やがて、壁のアナログ時計が21時をさしたのを見た父がつぶやいた。

「おぉ、そろそろ帰らなくちゃな」

そんな父に、私は酔っていたこともあって、自分でも思ってもみないことを口走る。

「……泊まっていけばいいのに」

父は嬉しそうな、困ったような顔をした。

「それは嬉しいんだけどな……。怒られてしまうから……妻に」

ワインを飲んだ父は意を決したように、テーブルに両手をついて真っ赤な顔で言い放つ。

「実は……僕は二バツで、今の妻は三人目なんだ！」

「母さんのあとに、まだ二人いるの⁉」

父は「すまん」と首を垂らしたが、別にショックなことでもなかった。

「いや、別にいいんだけど～。お父さんの人生だし……」

「二バツもやっているような男が、突然どこかに泊まって朝帰りなんてしたら、もう離婚するのしないのって大騒ぎになるからさ～」

父のそのセリフからは、少し窮屈そうな感じがした。

「じゃあ、蒸発して一緒になった女の人とは別れたんだ」

「あぁ、六年間は一緒にいたんだけどね」

こうなってくると興味が湧いてしまい、堰を切ったように聞き始めてしまう。

「なにが原因で？」

父は私から目を逸らして、注がれた赤ワインを少し飲む。

「僕の……浮気さ」

「やっぱり『浮気性』って、一生止められないのねぇ……」

私にはそんな男の人に引っかかった経験がまだないが、居酒屋店長として多くの部下やアルバイトの悩みを聞いてきた。その経験から言うと、悩みの二大原因は「お金」と「浮気」だ。

浮気について聞いた話では、だいたい浮気するような人は、何回許してあげても、しばらくすると次の浮気をしているらしい。

「お父さんは母さんのなにが嫌で、新しい女の人に走ったの？」

私はその部分を聞いておきたかった。

「母さんのことは、なにも嫌なことはなかったさ」

「どういうこと？」

父は少し嬉しそうな顔をしながら話し出す。

「元々は大手広告代理店に勤めていたけど、僕の仕事場に合わせて辞めてくれて、家事や育児に専念してくれたり。僕の収入が厳しい時は働きに出てくれて、エンジニアとして僕が納得いかなくて仕事を辞めた時も、なに一つ文句は言わなかった……」

「母さん、すごいじゃない」

今の母からは、そこまで男性に尽くす姿を想像できなくて、私は少し驚いた。

「ママは僕を、甘やかしてくれた……素晴らしい人だったよ」

「それなのに……どうして？」

父は小さく唸ってから、テーブルにおおいかぶさるようにつっぷした。

「美月……、僕の言い訳を聞いてくれるかい？」

これくらいの歳になると「お父さん不潔！」ということはなく、興味の方が先に立つ。

「いいよ～。私、妻じゃなくて娘だから」

気分はスナックの聞き上手のママで、赤ワインを少し飲んでから顔を近づけた。

ピタリと目を合わせた父は、真面目な顔で訳の分からないことを言い出す。

「僕は浮気性じゃない！」

「ほぉ～私の周囲では聞くこともない人生観ね」

私はニヤリと笑ったが、父の顔は真剣なままだった。

「僕はいつも本気なだけなんだ！」

「なるほど～、そうきましたか」

その理屈に私が体を引くと、父はさらに前に出て力説を始める。

「浮気をする奴は、同時に二人の人と付き合う人だろう？　だが、僕はそうじゃない。もう一人の人と付き合う時は、キッパリと前の人とは縁を切っているんだ！」

手を揃えて父の顔の前に出し「まぁまぁ」と椅子へ押し戻す。

「お父さんが言いたいことは分かるよ～。だけど、次に好きになっちゃう人と、まだ前の人と付き合っている最中なのに、どこかで知り合っちゃってるってことでしょ？」

私はよく「のりしろ」と言っているが、大人の男女が付き合う場合、別れる人との最後の方はグダグダした雰囲気になっていて、新しい人とはデートとかしているはずだ。人によってはエッチまでしているだろう。私はそのことを言ったのだ。

動揺するかと思ったが、父は落ち着いた雰囲気で赤ワインを少しだけ飲む。

「それはしょうがないよ」

そう自信を持って言った上で言い放つ。

「本気で好きになってしまう人が、現れてしまったのだから……」

真剣な目からは、父が本当にそう思って言っていることが伝わってきた。

もちろん、こんなことを付き合っている彼が言ったら「バカ言っててんじゃないわよっ！」と激怒して、ビンタの一つも入れるだろう。

だが、父を見ていた娘の私は、なんとなくおかしく思えてしまった。

これが大学生同士の会話なら「チャラい奴だなぁ」だけど、もう五十になろうかという父が言っているのは、純粋な恋をまだ追いかけているようで可愛く思えたのだ。

中高生の頃なら「お父さん最低！」と言い放つところかもしれないけどね。

だから、私は余裕の顔でフフッと微笑んであげた。

「しょうがない。それは娘としては理解してあげるよ」

「そうか、分かってくれるか⁉　美月」

父は今までで一番嬉しそうな顔をした。

「ただ、他の人は絶対に理解しないよ。特に妻になる人は〜」

「そうだな。それはよく分かっているよ……」

父は悲しそうに笑った。

比羅夫に父が17時に着いてから約四時間半。お土産に持ってきてくれたスパークリングワインを含めて、私達だけでボトル四本をキッチリと空けきった。

さすがと言おうか、親子を改めて実感する一瞬だった。

もちろん、それで私も酔わないわけじゃない。昨日、飲んでいたこともあって、かなりお酒が体に回っているような感じがしていた。

そして、私は酔うと泣くわけでもなく、絡むわけでもなく、ただ眠くなる。

気がつけば瞼が重くなっていて、周囲の景色が少しずつ左右にユラユラし始めていた。

酔いが回り父の帰る列車の到着が迫ってくると、私は「あの時はなにがあったんだろう」と聞きたくなる衝動を抑えきれなくなっていく。

「蒸発した時、母さんと、どんな話をしたの？」

遠い目をした父は、天井を少し見上げて話し出す。

「僕が逃げた家を突きとめてやってきたと思ったら、冷静に『ちゃんと離婚してから出て行って』って、最初から離婚届を持ってきたよ、ママは」

「そうなんだ……」

私は母の別な面を見たような気がした。

父が出ていった家では、私の胸で毎日「パパがいなくなった〜、どうしよう〜」と泣き崩れていたから、母は「戻ってきて」とお願いしたかと思っていた。

「離婚届に判をついたら、毅然とした態度で『美月は私が育てます。慰謝料は要りませんので親権は放棄してください』って啖呵を切ったよ」

「さすが母さん」

その姿は想像がついた。

「それから『条件を一つだけ飲んでくれれば、養育費も要りません』ってね」

「条件を一つ？」

父はすっと私を見た。

「ママが言ったのは『成人するまで美月に会わないこと』ってことだ」

私にはそんなつまらない条件のために、私の養育費を全て捨てた理由が分からなかった。

「どうして……そんなことを？」

「僕にもその時には分からなかった……」

そこで言葉を切った父は、静かに続ける。

「きっと、こうして美月がたくさんの経験をして、いろいろなことが分かるようになってから、僕と話して欲しかったんじゃないかな……。今はそんな気がする」

両目を一回つぶった私は、少し潤んだ瞳をしっかり開いて父を見た。

「きっと……そうじゃない？」

父も同じように目を一回つぶると、瞳がキラキラと光っていた。

「よかったよ。今日、ここへ来て……」

「私も会えてうれしかったよ……、お父さん」


どちらから言い出すこともなく、グラスに残っていたワインを全て喉へと流し込む。

そして、グラスをテーブルに置いた私達は、同時に言った。

『酒を残すと、バッカスに嫌われるから』

私はハッとして父を見た。

これは母がいつも言っていた言葉で、私はお酒を残さず飲む母が勝手に言い出したことだったと思っていた。

「えっ⁉ これってお父さんが言っていたことなの？」

「そうさ。というか……親父がよく言っていたことだな」

もっと、ちゃんとしたことを何代も伝えているならいいが、うちの一族では「お酒を残すな」しか残っていないことに呆れる。

その時、レールを走る車輪の音が聞こえてきた。同時に私の酔いはピークを迎えた。

瞼が鉛のように重くなり、体が船に乗っているみたいにフラフラするようになる。

首をゆっくりと上下させながら、私は言葉を切りつつ聞いた。

「そう言えば……今日はどうして、ここへ来てくれたの？」

父はテーブルからシャンと立ち上がり、振り返って窓の外を見る。

「僕は……遠くに行くことになってね……」

意味が分からなかった私が聞き返すと、父は私の方へ向かって歩いてきた。

「遠くって？」

「美月が行ったこともない遠くさ……」

側へやってきた父が、横に置いてあった寝袋を私に掛けてくれるのが分かる。

いつもは軽い寝袋が重く感じ、私は立ち上がることはおろか、テーブルに向かって突っ伏してしまう。だけど、それはとても気持ちいいものだった。

「最後に……美月の顔を見ておきたかったんだ」

父が背中をなでてくれると、睡魔が襲ってきて急速に眠くなっていく。

テーブルに顔をつけ目を閉じた私の背中に、父がなでる感覚だけが伝わってきた。

「最後にって……これからは……いつでも会えるんでしょ？」

その時、父は静かにつぶやいた。

「いつまでも生きているとは……限らないからな」

そっ、それって⁉　どういうこと？　お父さん⁉

私はハッとするが、すでに体は石のようになってしまってピクリとも動かせない。

瞼を開けることもできなくなった私の耳に、父の優しい声が響く。

「僕は美月になにもしてあげられなかった……。すまなかったな……」

私はなんとか「そんなことない……」とつぶやく。

「十分過ぎるくらいに……、私にしてくれたよ、お父さんは……」

黙ったままの父に、私は目を閉じたまま言う。

「だって、母さんを愛して、私を生んで大事に育ててくれたんだから……」

私の目からは涙が溢れ出していたが、その瞳は重くなぜか開くことはできなかった。

「そうか……そうか……」

父は涙混じりの声で、それしか言わなかった。

「じゃあな、美月。今日はありがとう……」

頭の中に霞がかかってきて、父の声は霧の中でエコーがかりで響いた。

その瞬間に十数年分の想いが一気に心の中に入ってきて、心臓がドクンと高鳴った。

「お父さん……来てくれてありがとう……」

私は目を閉じたままでボロボロと泣いた。

リビングを歩き回る音が聞こえ、やがてガチャリと玄関が開く音が耳に響く。

そして、ホームには列車が入ってきたのが分かった。

お父さんが帰ってしまう……。

私は動かなくなっていた全身に力を入れたが、動かせたのは唇だけだった。

「お父さん……また……ここに帰って来て……ね」

大きな声は出せず、言葉も途切れ途切れだった。

「ここは……お父さんにとっても……家《ホーム》なんだから……」


「あぁ、そうだな……。そうさせてもらうよ」


それが父から聞こえた最後の言葉だった。

列車のドアが閉まる音に続いて、フィィィと今日は少し悲しげに聞こえる気笛が比羅夫に響き渡る。すぐにディーゼルエンジンが高鳴り、列車はゆっくりと走り出す。

そんな音を聞きながら、私はゆっくりと深い眠りに落ちた。

私は健太郎の声で目が覚めた。

「こんなところで寝ていたら、風邪をひきますよ」

私はテーブルに突っ伏していて、背中には広げられた寝袋が優しく掛けられていた。

薪ストーブの火はすっかり弱くなっていたようで、健太郎が扉を開いて新たな薪を二、三本くべているところだった。

「夢……だったの？」

私は不思議な感覚に陥っていた。

どこからどこまでが夢だったのか？　もしかしたら父が比羅夫へ来ていたということ自体が夢の中のことだったのだろうか？

薪ストーブの調節が終わった健太郎が、父の座っていたテーブルの向こう側に座る。

「美月さん、飲んでいたんですか？」

私の顔を見ながら健太郎が聞いた。

「ええ、十数年ぶりに、母と別れた父が遊びに来てくれたから……」

「美月さんの……お父さんですか？」

「えぇ、そう。ここで二人で飲んでいたの」

そう言いながらテーブルを指差した私の心臓はドクンと跳ね上がる。

そこにはグラスも皿も四本も空けたワインボトルも、なにもなかったからだ。

あっ、あれ!? 二人で飲んでいたものは、どこへ消えたの？

そこから私の鼓動はドンドン速くなっていく。

ボンヤリとホームを照らす野外灯を見ながら、健太郎は不思議そうな顔で聞く。

「飲まれていたということは、お父さんは最終列車で帰られたんですか？」

それは、なにかを疑っているような言い方だった。

「そう……ですよ。それがどうかしましたか？」

ホームを見つめた健太郎は、小さく唸ってから驚いたことを言い出す。

「いえ、さっき比羅夫を出た小樽行の列車と、私は車ですれ違ったんですが『今日も最終には誰も乗っていないなぁ』って見ていたものですから……」

そこでゾクリと背筋が凍った私は、思いきり声をあげる。

「**えっ!? 誰も乗っていなかった――!?**」

じゃ、じゃあ……さっきまでのことは、いったいなんだったの!?

私があまりにも驚いたので、健太郎がアッハハと笑う。

「いやいやいや、きっと私の見間違いですよ。きっと、お父さんが乗っておられましたが、シートに隠れてしまっていたのだと思います」

私は確かめるように、健太郎の胸元にグイッと迫る。

「本当に!?」

健太郎は逃げるように上半身を後ろへ引く。

「はっ、はい……たぶん……きっと……そうじゃないかと思います」

声は小さくなっていく健太郎を見上げる。

「キタキツネって、人を化かす？」

健太郎は首を少し捻った。

「いえ～北海道では昔からキタキツネを含めて、動物は全て『神《カムイ》』として敬意を払ってきましたから、悪さをする妖怪としてのお話はないかと……」

「そっか、じゃあキタキツネが化けていたんじゃないんだ」

私は健太郎に口元を近づけて続ける。

「口の周りに雪とかドロがついてる？」

もちろん、健太郎はきょとんとして答える。

「いえ、なにもついていませんよ」

「じゃあ雪原の真ん中で、一人で雪まんじゅうを食べていたわけでもないか～」

健太郎はグッと顔を近づけてきて、私の目元を見つめた。

「でも……泣いておられたみたいですよ、美月さん」

「えっ⁉ ウソ⁉ いやそうだ。最後は泣いていたから……か」

「かなり飲み過ぎのようですが、美月さん大丈夫ですか？」

健太郎に心配された私は「ゴメンゴメン」と謝りながら洗面所に顔を洗いに行った。

なんだか、不思議な体験をした日だった。


二人ともお風呂に入り、23時頃に健太郎は亮の使っている部屋に入り、私は突き当たりの「乗務員室」と書かれたガラスの小窓がついた青い扉のオーナー部屋に入った。

壁のスイッチに触ると、天井のシーリングライトがパッと点く。元は徹三じいちゃんが使っていた六畳ほどの部屋には、徹三じいちゃんのお位牌も仏壇もない。

私は徹三じいちゃんの写真立てを、アンティークテーブルの上に置いていた。

「今日、お父さんが来た……みたいなの」

私が自信なげに呟くと、写真の中の徹三じいちゃんは笑っているようだった。

そのまま部屋の奥にあるライトブラウンのベッドの上にポンと座る。

「私は夢を見ていたの？」

どこから眠ってしまったのか、私の記憶は曖昧だった。

もしかすると、夕方に薪ストーブの前で私は眠ってしまい、そのまま健太郎が来るまでテーブルで眠っていたのかもしれない。

そんな私の夢の中に、父が現れてくれたのだろうか？

だが、それにしては妙にリアルな感覚が私の脳裏には残っていた。

もちろん、なんとなくワインを飲んだような感覚もある。

そこでポケットから出したスマホをベッドサイドの充電器の上に置こうとした。

「一応……電話しておくか」

私はスマホの画面に触れて立ち上げ、通話履歴の一番上を選んで通話ボタンを押す。

プップッと音がしてから呼び出し音が鳴り、二度ほどでつながった。

《どうしたの？　美月》

母が不思議そうな感じで聞く。

こんなに短いタームで電話するなんてことは、私達の間ではあまりないからだ。

「今日ね……お父さんがコテージに来たの」

少し黙っていた母は、ポツリとつぶやいた。

《やっぱりそっちに現れたのね……》

そっちに現れた？

背中をゾクリと冷たいものが走り抜け、私は目を大きく見開く。

《このあいだ話しそびれちゃったんだけど、あの人は……一か月ほど前に亡くなったから……》

「そっ、そうなの——!?」

私の心臓がドクンと跳ね上がり、今までのことが脳裏を駆け巡った。

ってことは!? さっきの父はもしかしたら幽霊!?

夢の中に父が現れたのだと思っていたが、あの不思議な感じは幽霊だったから!?

もしかすると、私はリビングのテーブルに一人で座り、ひとり言を言いながらワインを飲んでいただけかもしれない……。まるで、そこには父がいるような気になって……。

昔、木古内に勧められて観た映画のようだ……。

その映画は小さな頃に死んだ娘が、大きくなって父に会いに来てくれるというストーリーで、その舞台となっていたのは、比羅夫のような雪深い北海道の駅だった。

もしかして、私はあの映画と同じような体験をしていたってこと!?

心臓がどこまでも高く鳴っていくのを、私は自分で抑えきれなかった。

私はスマホを持っている右手にグッと力を入れる。

「かっ、母さん──」

しゃべりかけた私の言葉を遮るように母の声がする。

《なんてねぇ〜〜〜》

電話の向こうでハッハッハッと笑っている声がする。

私は「へっ？」と戸惑ったが、すぐに母のイタズラであることを理解した。

くっそ〜、引っかかった。

してやったりの母は、しゃべれなくなるくらいに笑っている。

こういうところがあるのは知っているのだから、最初から疑ってかかればよかった。

電話の向こうの人の頭に、チョップする機能をつけてはくれないだろうか。

「切るよ、母さん」

頬を膨らませながら言うと、笑いながら母が謝る。

《ゴメンゴメン。そんなに簡単に引っかかるとは思わなくて》

「つたく、そういうところ。よくないよ、母さん」

やっと笑い終わった母は不意に聞く。

《あの人、元気そうだった？》

「あぁ、うん。別に体が悪そうには見えなかったけど」

《そう、まだ格好よかったでしょ？》
母の声は少し楽しそうだった。
「そうね〜メタボではないし、ハゲてもいなかったし、ファッションも決まっていて、昔見た感じとまったく変わっていなかったよ」
《その感じは美月の好みじゃなかった？》
私はフッと笑う。
「私、おじさん趣味はないから」
《そうなのね。ずっと父親がいなかったから『もしかしたらファザコンになる？』って心配したんだけど、そんなことはなかったのね》
母はいつもより言葉数が多く、続けて聞いてきた。
《あの人が一か月前くらいに電話してきた時に『美月が会社を突然辞めてコテージ比羅夫を継いだらしいんだけど、心配だから一度様子を見てきてくれない？』って頼んだのよ》
「父さんが突然やって来たのは、そういうことだったのね」
この偶然ぽい再会を演出したのは、どうも母だったらしい。
《なんの話をしたの？》
私は「えぇ」と戸惑ってから、思い出すように答えた。

「お互いに今はなにをしているのかとか、昔暮らしていた家のこととか……」

そこで私は「あぁ」と声をあげた。

「そうだ！　ネズミ駆除爆発事件の真相を聞いたよ」

《あぁ〜、そんなこともあったわねぇ》

母は遠い昔を懐かしむようにつぶやいた。

私は一瞬間を開けてから、母に言った。

「母さん……ありがとう」

明るい声で母は応える。

《あなたにお礼を言われるようなことは、なにもしていないわよ》

見えないけど、私は首を左右に振った。

「そんなことないよ。お父さんと会って、よく分かったの」

そう言うと、今度は母が一拍開けてから応えた。

《じゃあ、よかったのね。あの人と会えたことは……》

私は頷いて「うん」と言った。

二人ともなにも言わない数秒間が流れたが、お互いに伝えたいことは、その間に伝えられていたような気がした。

やがて、母が口を開く。
《あの人……また来るかしら、美月のところに》
それについては根拠のない自信があった。
「きっと来てくれると思うけど……『遠くに行く』って言っていたけど……」
母は「あぁ」とつぶやく。
《きっと、礼文島《れぶんとう》じゃない？》
「礼文島？」
私はその島の名前を人生で初めて聞いた。
《稚内《わっかない》の沖にある小さな島なんだけど、あの人は『今の妻の実家があって一緒に行くことになったんだ』って言っていたから……》
「へぇ～そうなんだ」
《そういう話も聞いたから、同じ北海道に住んでいても遠くなったら会いづらくなるから、二人は『今のうちに一回会っておいた方がいいかなぁ～』なんて思ったのよ》
そんな母の気づかいは少し嬉しかった。
そこで、母が私に向かって言う。
《もし、今度美月のところへ来ることがあったら……伝えてくれない？》

私には母が父へ伝えたいことが分からなかった。

お金のことなんてないだろうし、私は一人っ子だから子供のことでもないだろうし、今さら「バカヤロー」でもないだろう。

私は首を少しひねりながら聞き返す。

「なにを？」

すると、母は優しい声でつぶやいた。

《『今世では厳しくしてごめんなさいね。来世では優しくしてあげるから』ってね》

それは父へ向けられた言葉だったが、私の顔は熱くなり、心音がドクンと響いた。

母は別れてから、父のことをどう思っているのかよく分からなかった。

恨んでいないのは知っていたけど、ただ、なにも気にしていないだけかと思っていた。

だけど……母は愛していたのだ。それが分かって、私はたぶん感動しているのだ。

だけど、その気持ちについては、さすがに娘でも理解ができない。

ただ、心の奥でふっと思った。

夫婦のことは、夫婦にしか分からないなぁ。

《よろしくね、美月》

「わっ、分かった。来た時に伝えておく」

それからたわいもない話をしてから電話を切った。

電気を消し開いていたカーテンを閉めようとすると、窓からは星空が見えていた。

「あのセリフを聞いたら、お父さんはどんな顔をするんだろう？」

そんなことを想像しながら、私は思わず微笑んだ。

第四章　美月の正月休み

三泊四日の正月休みを終えた亮は、長万部行の最終列車で帰ってきた。

今日も泊まりのお客さんはいなかったので、私はリビングで健太郎と食後のコーヒーを飲みながら薪ストーブの前でくつろいでいた。

そこへ大きなキャリーバッグを引きながらバタバタと戻ってきた亮は、玄関のドアを勢いよく開けながら開口一番に叫んだ。

「大丈夫だったか⁉」

私は健太郎と顔を見合わせてからフッと笑った。

「まるで私一人だと『なにかあっただろ』みたいに言わないでくれる〜？」

まぁ、少しヤバかったけど。

健太郎は横でアハハと笑って言った。

「大丈夫だったよ、亮。特にトラブルはなかったから」

二人を交互に見た亮は「そっ、そうか……」と、なぜか不満気に靴を脱ぎだした。

これは「大変だったの〜、亮がいないとやっぱりダメだわぁ」とか、私がしおらしく言うべきだったのか?

キャリーケースのキャスターを雑巾で拭いてリビングに持ち上げた亮は、コロコロと引いて薪ストーブの前へやってきて横に寝かせた。

パチンパチンとロックを解いて、少し開いたキャリーケースに右手をゴソゴソと突っこみ、中から紫の包みの箱を取り出して私に突き出す。

「ほらっ、土産」

相変わらずのぶっきらぼうだが、そういう亮がリビングにいることが「いつものコテージ比羅夫に戻ったな」と感じる。

「ありがとう、亮」

私が受け取ったお土産の包みには金色のシーサーが描かれていて「紅イモスイートポテト」と書かれていた。

その意外な旅行先に、私は少し驚く。

「正月休みは、沖縄へ行っていたの?」

「べっ、別にどこへ行ってもいいだろう。正月休みなんだからさ……」

亮は口を尖らせた。

「それはいいんだけど。北海道の人が『南の果ての沖縄へ行くんだな~』と思って」

なんとなく亮は寒いところが大好きで、北海道とか東北のどこかの山に登ったりスキーしたりしているのかと思っていた。

「沖縄は冬でも暖かいからな」

「そっか〜、暖かいところが好きなんだ」

口を尖らせたままで、亮は少しむくれる。

「べつ、別に道民が暖かいところが好きだっていいだろ〜」

そんな亮を健太郎は、にこにこ見ている。

こうなってくると、この大きなキャリーケースの意味も知りたくなる。

「それで沖縄では、なにをしていたの⁉」

私がチラリとキャリーケースを見たら、亮はガバッと開いた。中にはドライスーツやフィン、マスク、シュノーケルといった潜水装備がギッシリと詰め込まれていた。

「スキューバダイビングだよっ」

私は目を大きくしながら、キャリーケースの装備を見つめた。

「へぇ〜、スキューバダイビングなんてやるんだ〜、亮」

「そうだよ。北海道じゃあまりできないからな。少し長い休みがとれた時は、きれいな海のダイビングポイントへ行っているんだ」

私はクルンと首を回して亮を下から見上げる。

「意外も意外！　そんな趣味があったなんて」

「いいだろ。俺の趣味なんだからっ」

「数年前からハマってるよね、亮」

健太郎が言った。私はそこでグイッと前のめりになる。

「それでどうだった⁉」

「なにが？」

両手を胸の前にあわせて迫る私に、亮は引き気味で聞く。

「沖縄の海！」

私はスキューバダイビングなんてやったことがないから、すごく興味があった。

少し目線を逸らした亮はボソリと呟く。

「キレイ……だったよ」

「へぇ～いいなぁ。私も海へ潜ってみたいなぁ」

「そっ、そうか？」

私はさらに迫って亮に言った。

「ちょっと聞かせてよ」

「なにを？」

「沖縄のスキューバダイビングのこと！」

私が目をキラキラさせていると、亮はキャリーケースをゴソゴソと探って、一枚のＳＤカードを取り出した。

「ウェアラブルカメラで撮った映像を見るか？」

「見せて！　私、パソコン持ってくるから」

私がオーナー室へ行こうと立ち上がると、健太郎も一緒に立った。

「じゃあ、私はお茶でも入れましょうか」

「ありがとうございます、健太郎さん」

それから、亮が撮ってきた沖縄の映像を見つつ、亮の土産話で盛り上がった。

次の日の朝6時45分。

私はスキニータイプのデニムにN－2Bジャケットという姿でリビングにいた。

持ち物は長さ五十センチくらいのカーキのデイパックが一つ。

「よしっ、行くか」

私がデイパックを持って歩き出すと、リビングに亮が現れた。

「もう、行くのか?」

私はホームを見つめながら、ぶっきらぼうに答える。

「当たり前でしょ。6時47分の札幌行き『ニセコライナー』に乗り遅れたら、次は何時だと思っているのよ?」

「7時40分だな」

もちろん、亮も比羅夫に停車する全ての列車時刻を覚えている。

「五日前にやった私のセリフ……。それに被せていくお別れシーンは、いらないからっ」

「そうか? 喜んでくれると思ったのにな」

亮はニタニタ笑っている。

「今日は帯広《おびひろ》まで行くんだから、そんな遅い列車に乗っていられないわよっ」

「おぉ〜美月も北海道の広さが、かなり分かってきたか?」

私はしっかりとうなずいた。

「おかげさまで『日帰りで比羅夫から富良野《ふらの》へ行く』なんてことは言わなくなったわよ」

「道民一年生だな」

亮はフフッと笑った。

私は玄関で久しぶりに茶のショートブーツを出して履く。

「確か道東へ行くんだよな？」

「そう、帯広から釧路《くしろ》方面」

「だったら、そっちの方がいいんじゃないか？」

亮はいつも私が履いている黄色の長靴を指差す。

「休暇に出掛けるのに、こんなのを履いていったらテンションが上がらないわよ」

「テンションねぇ～。安全が一番だと思うがなぁ」

私は「はぁ」と小さなため息をつく。

「なに？　釧路はベニスみたいに水の町で、歩けば足元がビシャビシャになるの？」

「そんなことはないけどなぁ～」

靴を履き終えた私は、デイパックを背負って亮を見る。

「じゃあ、行ってくるから。私も正月休みにっ」

「おう、コテージ比羅夫は俺がいれば大丈夫だから。こっちのことは完全に忘れちまって、存分に楽しんでこいよ」

まったく問題ないのは分かっているが、なんかそう言われると「いつもなんの役にもたっていない」と言われているような気がして、おもしろくない。

私はキュッと目をつぶって言ってやる。

「死ぬほど楽しんできますよ〜〜だ！」

その時、ディーゼルカーがガラガラと大きなディーゼルエンジン音を響かせてホームに入ってきた。

目を開くと、目の前には見慣れた竹の皮で包《くる》まれた包みがあった。

「ほらっ、朝飯」

なんと言われようと、この朝食は断れない。なぜなら絶対においしいから。

「いっ、いつも……ありがとう」

「ほらっ、早くいかないと」

亮がせかしたので、私は応えるように微笑む。

「じゃあ、行ってきます！」

「行ってらっしゃい」

手をすっとあげる亮へ、私は竹皮の包みを振った。

待合室からホームへ出ると、丁度、ブレーキ音を響かせながら停車したところだった。

比羅夫から小樽方面へ向かう始発列車は「ニセコライナー」という名前で、乗り換えなしに札幌まで行ける。開いたドアから車内へ乗り込むと、すぐにドアが閉まった。

すぐにやってきた車掌の河野《こうの》さんにあいさつして、私は事前に送ってきてもらった切符を見せてから、人のいないロングシートに座った。

使い捨てのお手拭きで両手を拭いたら、亮にもらった竹皮をさっそく開く。

「今日はなにかな〜」

亮の作ってくれる包みは、宝箱を開くような楽しみがある。

「おっ、今日は五目御飯おにぎりか！」

今日は茶色の小さなおにぎりが二つと、赤ウインナーが二本としば漬けが二切れ。

私は手を合わせて「いただきます」と言ってパクリとかぶりついた。

細かく切ったごぼう、人参、しいたけ、鶏肉、油揚げを、北海道産のお米と一緒に醤油ベースの出汁で炊き込んだ五目御飯。

かじった瞬間にふわっと醤油の香りが鼻へ抜けた。

「亮の朝ご飯はおいしい〜。やっぱり私が作るのとは違うなぁ」

私もレシピを教えてもらって作ったけど、なにか同じじゃない気がした。

おいしい朝食だから、たくさんの人が乗ってくる余市までには食べ終わる。

ニセコライナーが小樽を越えて、終点の札幌に到着したのは8時57分。

たくさんのサラリーマンや学生達と一緒に、7番線に下車する。

北海道の中心地である札幌駅と聞くと、東京駅や新宿駅のような近代的なホームを想像するかもしれないけど、キレイなのは駅前ビルだけで、列車が行き交うホームや駅そのものはかなり古そうで、昭和な雰囲気が色濃く残っている。

駅員の着ている黒い防寒着も、ノスタルジック感があふれている。

雪から守るように札幌駅の上には大きな屋根がかかっているので、線路沿いに並べられた白い蛍光灯だけでは昼間でも薄暗い。

ほとんどの人は近くの階段から改札口へ向かっておりていくが、私はホームをキョロキョロしながら歩く。

その時、鼻先にフッとおいしそうな出汁の香りがしてきた。

「たぶん……あそこにいるはずだ」

ホーム上にオレンジの四角い建物があり、上には白地に黒で「駅弁」「立喰いそば処」と書かれた電飾看板が掲げられていた。

そんな立ち食いそば屋さんを見た私は「もぅ」とため息をつきながら近づいていく。

立ち食いそば屋さんのカウンターには、丼を左手に持ちながら、立ち食いのプロのようにそばを勢いよく食べている女子がいた。

足元にはピンクと白のキャリーケースが置いてある。

寒いので白い息を吐きながらフハフハと勢いよく食べ終えたその子は、最後に出汁をズルズルと勢いよく飲んでから、箸をのせて丼を返却口へ返す。

「おばちゃん。ごちそうさまでした！」

「はい、ありがとうね」

そんな女子に、私は背中から声をかける。

「どうして、待ち合わせが『札幌駅7番線』とか大雑把なのよ？　七海」

「でも、ちゃんと会えたでしょう」

ポケットから出したピンクのハンカチでポンポンと口元をふいた七海は、振り返りながら胸を張って笑った。

これが私の大学時代からの親友の「木古内七海」だ。大学時代から一緒に旅行することも多くて、今回は休みが合ったので二人で行くことにしたのだ。

ちなみに七海は鉄道ファンで、私の鉄道知識の全ては七海から教えてもらったものだ。

七海のファッションは、私と正反対。

膝丈の黒いロングブーツ、白と茶のチェックのミニスカートに、形のいい胸が強調される黒いニットを着て、その上からピンクのロングガウンコートを羽織っている。

全体がフワッとしたシルエットで、ファッションサイトで見る「モテコーデ」って感じ。

そして大きなレンズのついているピンクのカメラを、たすき掛けにしていた。

ショートカットの上にのせた、白いベレーを直す七海を見ながらつぶやく。

「格好としゃべり方だけは……かわいいよね」

「どういうことよ？　『格好としゃべり方だけ』って〜」

「その格好で、どうして立ったまま、丼持ってそばを食べるかな？」

「ホームで立ち食いそばが食べられる駅って、最近少なくなってきているのよ〜」

七海は周囲を感慨深そうに見回しながら続ける。

「数年後に『北海道新幹線』が札幌までやってきたら、このホームは全て取り壊されてしまうかもしれないから、今のうちに悔いのないように味わっておかないとっ」

口を大きく開いた私は、呆れながら言う。

「それ、全然気持ち入ってこないなぁ〜」

一旦改札口から出た私達は、札幌駅前で旅行に必要なものを少しだけ買い足した。

そして、再び入場する時に、七海が事前に送ってきてくれていた切符について聞いた。

「なんなの？　この北海道フリーパスって」

七海が「それ、旅行当日の比羅夫から使えるから」と言ったので車掌には見せたけど、私にはこれがどういった切符か、まったく分かっていなかった。

「もう北海道を旅行する時には、絶対にこれ！」

「本当に〜？」

私は切符を裏返したりしながら、疑うように見つめる。

「だって、北海道内の在来線特急列車の普通車自由席とＪＲ北海道バスが、なんと！　7日間乗り降り放題で、たったの二万七千四百三十円なんだから！」

目をギュッとつぶった七海は、未来アイテムを出す勢いで切符を掲げている。

「確かにお得かもしれないけど……。私、七日間も乗らないって」

「大丈夫！　四日でも、必ず元はとれるから〜」

何の自信か分からないが、七海はフンッと鼻息も荒くグイッと胸を張った。

「まぁ、旅行計画は『全て任せる』って言ったからね」

七海はわざとらしく胸をドンとたたく。

「この『七海トラベル』に任せておきなさ〜い」

「すでに不安しかないな〜。『七海トラブル』になんなきゃいいけど」

「大丈夫、大丈夫」

思いきり笑いながら七海はキャリーバッグを引いて、後ろへ向かって歩き出す。

「そっちでいいの？」

「4両編成の『特急とかち』の自由席は、一番後ろの4号車だから」

七海は筋金入りの鉄道ファンで、こういうことはスマホで調べなくても全て覚えている。

天井から吊るされた「特急とかち　4号車」と書かれたプレートの下に立ち止まり、七海はグルンとカメラを回して構える。そこに白い車両が近づいてきた。

「特急とかちの使用車両は、キハ261系は運転席が2階部分にある車両で、キハ261系1000番台ね」

正面のドアがあるところだけ黄色に塗られ、下には紫でV字型の模様が描かれていた。

七海は真剣な顔で、カシャカシャと何度もシャッターを切る。

ゴォォォとエンジン音を響かせながら、車両が次々と通過していく。

側面は銀色で真ん中に紫のラインが入っていた。

特急とかちは札幌始発。私達は少し高くなっている車内へステップを踏んで入る。

車内には真ん中の通路を挟んで、エンジ色の二人用シートが左右に並んでいた。

「一番後ろにしよう」

指差した七海は一番奥まで歩いて、迷うことなく進行方向左側の窓側シートに入り、キャリーバッグを網棚に放り込んだ。

私もその横にデイパックを置いてから、通路側の席に座る。

「JR北海道の特急は、車内販売がほとんどないからね」

鉄道に関しては用意周到な七海は、水のペットボトルを一本渡してくれる。

「あれ？　飲まないの？」

私と大学時代から遊んでいるのだから、七海が飲めないわけはない。

「残念ながら……。今日はまだ車の運転があるのよ～」

七海はハンドルを持つマネをして見せた。

「珍しい。七海の計画した旅行で、車に乗るなんて……」

今まで七海がプランニングした旅行で、そんなことは一度もなかった。

「そこは車じゃないといけない、鉄道スポットなの」

「車じゃないといけない鉄道スポット～？」

何を言っているのか、ちょっと分からなかった。

「着いてからのお楽しみってことで」

七海がフッと笑った瞬間、ホームからジリリリと発車ベルが聞こえてくる。

続いてピィィとホイッスルが響き、特急とかちのドアが静かに閉まった。

車両前方から力強いエンジン音が響き出し、列車は10時33分に札幌を出発する。

札幌駅の屋根から出た瞬間、車内にパッパッと陽の光が差し込んできた。

よしっ、今から休暇だ！

帯広へと向かう特急とかちに乗って札幌を出たら、そんな気分がした。

顔を見合わせた私達はにっこり笑ってペットボトルをぶつける。

「行くぞ！　東の果てへ」

七海は左手を拳にしてあげた。

「ここで『乾杯～』とならないところは残念だけど」

「まぁまぁ、それはそれでいいの、後でいいことを考えているから～」

七海は自信に満ちた表情を見せた。

札幌を出てから新札幌《しんさっぽろ》くらいまでは、ビルやマンションがあるが、北海道の玄関口である新千歳《しんちとせ》空港へ近づいていくと、並走する広い道路しか見えなくなってくる。

新千歳空港へ向かう千歳線との分岐である南千歳に停車した時、私は聞いた。

「七海は千歳空港から来たの？」

首を左右に振って、七海はニヒッと笑う。

「昨日、新函館北斗《しんはこだてほくと》駅で勤務上がりになるようにシフト組んでもらっていたから、最終の『北斗23号』で札幌に23時39分に着いてホテルに泊まったの」

「さすが新幹線アテンダント」

「役得は利用させてもらわないとね」

七海は鉄道好きが高じて、新幹線の車内販売を担当している会社に就職したのだ。

新幹線の車内販売は、鉄道会社とは別な会社が担当している。その会社は車内販売の他にもグランクラスやグリーン車のアテンダントや、駅構内の店舗も運営しているのだ。アテンダントは、会社によっては「パーサー」と呼ばれることもあるらしい。

「北海道なら一週間に二回くらい来ることもあるよ」

車内販売アテンダントには複雑なシフトがあるとのことだが、ざっくり言うと長距離の新幹線なら一往復半ほど乗務するとのこと。

だから、北海道新幹線の終点である「新函館北斗」までは、仕事で来ていた。

今回は休みに合わせて、シフトを調整したらしい。

そこで七海は「あぁぁぁ」と残念そうな声をあげる。

「コテージ比羅夫に泊まりたかったなぁ～」

「くればよかったのに」

そう言うと、七海はブスッとした顔をする。

「最終の『北斗23号』の長万部到着は21時22分。函館本線の小樽行の最終列車は長万部発20時0分で、全然間に合わなかったのよ」

「そうそう。長万部からの列車って、一日四本しかなくて最終も早いんだよね」

「もう少し最終の時刻を遅くしてもらってよ」

「いやいや、コテージ比羅夫に、そんな権限はないから……」

私は手を振って笑った。

「だって、列車が目の前を走るホームでバーベキューしたり、丸太風呂に入ったりして、国鉄時代に造られた木造駅舎の部屋で寝られるんでしょう〜。いいなぁ〜」

鉄道ファンの七海は、遠くを見つめながら目をキラキラと輝かせる。

「私はそれが毎日だけどね」

七海はグイッと私に迫る。

「しかも、そんな夢のコテージで、毎日イケメンと一つ屋根の下なんでしょう？」

「私……『イケメンと一緒』なんて言った？」

私は通路側へ上半身を倒しながら聞いたら、真面目な顔で呟く。

「美月からは『一緒に働いている男の人がいる』としか聞いていないけど、きっとそうに違いない！」

なかなか鋭いぞ、七海。

「わっ、私はオーナーで、住み込みの従業員さんが一緒にいるだけよ」

「従業員さんって、歳はいくつ？」

「たっ、確か……二十四歳」

「ほらっ～それ絶対にイケメンよ」

どういう判断基準なんだ、七海は？　まぁ、そんなに外れてないけど……。

どう言っていいのか分からなかった私は、アハハと笑ってごまかした。

「七海の方こそいいじゃない。新幹線アテンダント。大学生の時から『絶対になりたい』

って言っていた夢を実現したんだから」

「それは確かに……、そうなんだけどね」

「どうかしたの？」

「どうしたってわけじゃなくて、どうにもならないって言うか……ね」

一瞬、車窓からの景色を寂しそうに見た七海は、目から光が消えたような気がする。

七海は学生時代から明るく、目標に向かってつき進むポジティブな性格だった。

いつも自分の仕事を「楽しい！」と言っていたのに、今日はなんだか違っていた。

なにか……あったか？

心配になった私が、

「あのさ、七海――」

と、聞こうとしたら、クルリと振り返って言葉をさえぎる。

「ねぇ一回くらい入れ替わってみない？　海幸山幸みたいな感じで」

「なにを？」

アンニュイな顔をした七海は、自分と私を交互に指す。

「コテージ比羅夫のオーナーと、新幹線アテンダントをよ。もしかしたら美月は新幹線アテンダントに向いているかもしれないし、私はコテージ比羅夫のオーナーに向いているかもしれないでしょ？」

割合真剣な顔で言う七海の頭に、私は手でチョップを落とす。

「そんなこと、できるわけないでしょう」

「やっぱり……ダメよね」

わざとらしく肩を落としてアハハと笑う感じが、冗談じゃなく力がないのが気になった。

これはきっと、なにか抱え込んでいるな……七海。

「今度、ゆっくり泊まりにおいでよ。従業員がイケメンかどうか見に」

私が笑いかけると、七海は「絶対にそうするよ」とうなずいた。

追分《おいわけ》に11時18分に停車した特急とかち3号が新夕張《しんゆうばり》を11時40分に出発すると、そこから先は長いトンネルがいくつも並んでいた。

トンネルの間にあったトマムからは、雪原にそびえ立つ二本のタワーが見える。

その先の新得《しんとく》を出発してしばらくすると、周囲の視界が一気に開けた。

簡単に言うと、ここからガラリと世界が変わる。

「うわっ、すごい！」

私が富良野より東へ来たのは初めてで、北海道の広大な景色に心を奪われる。

左にも右にも雪に埋もれた平原がどこまでも広がっていて、その後ろには雪を頂いた高い山々が蜃気楼のようにボンヤリと見えていた。

たまに見える木々の密集した林は、雪の海に浮かぶ孤島のよう。

全てのものが雪に埋もれていて、薄っすらと見えているのは道の跡だけ。

真っ青な空の下に広がる雪原には誰もおらず、別世界に来たような感じがした。

「石勝線《せきしょうせん》のこの辺から見える景色って『北海道！』って感じがするよね」

「こうして見ると、本当に広いよね北海道って」

特急とかちはかなりのスピードで走っているのに、そんな景色がいつまでも続くのだ。

比羅夫の近くにも広大な場所はあるけど、ここまでの規模じゃない。

「元の線路からは四キロほど離れちゃったけど、この狩勝峠《かりかちとうげ》を越えて見える十勝《とかち》平野は『日本三大車窓』だったくらいだから」

車窓へカメラを向けてシャッターを切りながら七海がつぶやく。

「そんなものがあるの？」

「北海道旧根室本線《ねむろほんせん》の狩勝峠越え、長野県篠ノ井線《ながのけんしののいせん》の姨捨駅《おばすてえき》付近、熊本県肥薩線《くまもとけんひさつせん》の矢岳《やたけ》越えの三つが『日本三大車窓』よ。私は全部見たことあるけど」

「さすが、七海」

ファインダーから目を外した七海は、右手をVにして微笑んだ。

特急とかち3号が、終点の帯広に到着したのは13時12分。

帯広は高架上にある駅で、ホームからはビルが立ち並ぶ帯広の街並みが見えた。

私達はそれぞれの荷物を持ちながらホームへ飛び出した。

その瞬間、七海は両手で自分の頬をパシンと叩く。

びっくりして私は「七海⁉」と声をかける。

「よしっ、今日から休暇なんだから、全て忘れて楽しむぞっ‼」

「大丈夫？　七海。仕事場でなにかあったんじゃないの？」

私が聞くと、七海はいつもの笑顔で答えた。

「ゴメン、ゴメン、美月にも気を使わせちゃって〜。全然大丈夫だから！」

七海はそう言ったけど、いつもとはどこか違った。

ホーム中央にあるエスカレーターで一階へ下り、北海道フリーパスで自動改札機を通る。

七海は迷うことなく、駅の一角にあった駅弁屋さんに走った。

「すみません。ぶた八の炭焼あったか豚どんを二つください」

私の意見は聞かずに、七海はちゃっちゃっと決める。

「豚どん？」

「帯広と言ったら豚どんよっ。本当はゆっくりお店で食べていきたいんだけど、ちょっと予定が詰まっているから～」

七海はお金と引き換えに、弁当が入った白いビニール袋を受け取る。

そのまま駅舎内の通路を通り抜け、北口から駅前ターミナルに出た。

「帯広って小樽なんかよりも大きい町なんだ」

私は高いビルが立ち並ぶ、初めての帯広を見回した。

「このエリアの中心都市だからね」

まだまだ空気は寒かったが、駅前周辺は除雪されていて歩道などは歩きやすい。

周囲の道路も雪はなく黒いアスファルトが見えていた。

「比羅夫と違って、帯広は雪が少ないみたい」

「北海道の西側は雪雲が山に当たって水分を落とすから、雪が大量に降るけど、帯広は北海道の中央にあるからあまり降らないし、晴天率が高いらしいからね」

「へぇ～同じ北海道でも違うんだ」

駅近くのレンタカー屋に入った七海は、予約していた車の手続きを簡単に済ませる。

店員が乗ってきたのは、真っ赤なSUVで雪の上でも走れそうな車高の高い四輪駆動車。

「どこへ行く気よ？　七海」

嫌な予感がする。

「言ったでしょ。『車じゃないといけない鉄道スポット』だって」

七海はSUVのバックドアを開き、カーゴスペースにキャリーバッグを放り込む。

「こんな車じゃないといけない場所なの？」

「雪にハマって動けなくなるの、嫌でしょう～？」

「嫌に決まっているでしょ」

私もデイパックを中へ入れて、バックドアを勢いよく閉める。

私が助手席に入ると、すでに運転席にいた七海は、ピッピッとカーナビを操作して、目的地をセットし始めていた。

私はシートベルトをしながら、少しため息をつく。

「もしかして、雪に埋もれた線路とかじゃないよね？」

七海は「おっ」と声をあげ、私に向かって笑う。

「美月、鋭い！」

「あの〜、そんなもの、別に見たくないんだけど〜」

七海はパンパンと私の肩を叩く。

「まぁまぁ、夜の飲み屋はいい場所を予約してあるから、昼間は私の趣味に付き合ってよ」

「しょうがないな」

七海がコンソールパネルのＳＴＡＲＴボタンを押すと、セルスターターが短く回ってエンジンが勢いよくかかった。

「行ってきま〜す」

かわいく七海に言われた店員は「お気をつけて」と笑顔で手を振った。

最初は雪のまったくない帯広の街中を走っていたが、北へ進めば進むほど次第に道路へ向かって雪が迫ってきた。

最初は左右に除雪された雪があって周囲に民家のある大きな道路だったが、次第に寂しくなってきて道路も細くなっていく。

防雪林としてどこまでも続く白樺並木があって、その横に真っ直ぐに続く道路は、北海道でなければ見られない光景で思わず息を飲んだ。

四十分ほどで到着する上士幌《かみしほろ》を過ぎた辺りで、次第に除雪状況が悪くなりアスファルト部分が少しだけ見えているような雪道へ入り山をのぼりだす。

問題は、こういう道に入ると、なぜか七海の気合が入ってしまうこと。

サングラスを掛けた七海は、両足と両手を駆使して、エンジンを吹かせて山道を余計な勢いで駆け上がっていく。

仕事場のストレスを、ここで発散する気か⁉

滑りにくい四輪駆動車に乗っているはずなのに後輪がズルリと滑る。だが、七海は気にすることもなくあざやかに操作して車体をクイッと立て直す。

「ゆっ、ゆっくりでいいって！」

私はドアの上のバーをしっかり握り、足を踏ん張る。

「えぇ～？　ゆっくり走ってるって～」

車を飛ばす人は、だいたいこういうことを言う。

口元に笑みを浮かべながら、七海がカーブを勢いよく曲がっていく。

「絶対ゆっくりじゃないって！」

恐ろしいことに、こんなに飛ばしているのに、七海は左手で窓の外を指差す。

「ほらほら！　廃線跡の石橋だよ！」

チラリと目だけ動かして見ると、線路が一本しか通れないような大きな石のアーチ橋が谷に架かっていて、雪が積もっている部分だけ見ると天空に続く橋のよう。

たぶん、歩いて見にくれば幻想的な景色なのだろうが、今、そんな余裕はない。

「ハンドルから手を離すなっ！」

「大丈夫、大丈夫。これでも運転は、得意な方だから〜」

左手でシフトレバーを動かすと、エンジン音はさらに高くなった。

その分、さらにグンと加速して、後部が更にズルリと横へ滑る。

「おもしろいよ。雪道は普通の道と違って少し滑って」

「全然おもしろくないわっ」

恐怖で顔を引きつらせている私をのせたまま、七海は左右に山の迫る道を登っていった。

途中、ぬかびら温泉郷と書かれた落ち着いた雰囲気の町を抜け、トンネルを二つほど潜り、大きく右へとのぼるカーブを通った。

そのあとは、右も左も深い森に挟まれた真っ直ぐな道になる。

除雪されていなかったこともあって、七海は道の真ん中をゆっくりと走らせ始めた。

もちろん、対向車が来れば譲り合うしかない道だが、そんなものは一台も来ない。

七海が速度を落としたのは、何かを探し始めたからだ。

「ここら辺って聞いたんだけどな」

私は、根本が雪に埋もれた高い針葉樹が両側に並ぶ、深緑の林を見ながら聞き返す。

「こんなところに、どんな鉄道スポットがあるの？」

どんな鉄道スポットがあったとしても、今は全て雪の下で見られないだろう。

減速して道路の右に注目しながら、七海は私も見ずに答える。

「タウシュベツ川橋梁《がわきょうりょう》だよ」

ものすごく言いにくそうな橋の名前を、七海はまったく噛むこともなくサラリと言った。

「たうしべつ、きょうりゅう？　どうして、そんなに言いにくい名前なのよ」

「あぁ～、それはね。北海道の先住民のアイヌ語がベースで、その橋をかけた川がアイヌの人達に『タッタ・ニ・ペッ』って呼ばれていたからなんだって」

「タッタ・ニ・ペッ？」

そう聞いても、余計に意味が分からない。

「アイヌ語で『樺皮の採れる川』って意味で、その川の名前を聞いた人は、美月みたいに発音がよく聞き取れなくて『タウシュベツ』ってつけちゃったみたい」

その時、七海は目的のものを見つけた。

「あった！　あそこだ」

七海は道路の脇に車が停められるように少し除雪されていた場所を見つけ、そこにゆっくりとＳＵＶを移動させて停車させた。

サイドブレーキを引いた七海はニヤリと笑う。

「ここから少し歩くよ」

外へ出た瞬間、帯広の街中から比べるとかなり気温が低いのが分かる。

「さっ、寒っ！」

私達はバッグからマフラーや手袋などを出して身につけ、最後に帯広駅で買った駅弁の白いビニール袋を七海が持った。

用意が整い車の鍵を閉めたら、七海はとんでもない方向を指差す。

「よしっ、こっちよ」

それは道路から右に広がる林を指していた。

「こっ、こんなの。くっ、熊が出るんじゃないの!?」

「冬は冬眠しているって書いてあったけど」

「それに、どうして、こんな林の中へ入っていくのよ？」

七海は雪に埋もれかけている小さな立て札を指差す。

「この先に展望広場があるから、そこへ行こうと思って」

「展望広場～？」

七海が指している指先を見ると、林の中へ雪が踏み固められた細い道が続いていた。

「さぁ～、行こう」

七海はカメラを高く掲げ、先頭を切って林の中へ分け入っていく。

仕方なく私も後ろからついていく。

道路からは雪原かと思ったが、林の中に深さ三十センチほどの、人一人だけが歩けるU字溝のような道が、木々を避けるように右に左に曲がりながら続いていた。

意気揚々の七海は、しらないうちにかなり前へ進んでいた。

左右には倒木がいくつもあって、雪が積もったままになっている。

死んだ森のような感じがして不気味に思った私は、ブルッと体を震わせた。

「こんなところに、どんな鉄道スポットがあるの？」

その瞬間、聞いたこともないコツンコツンという木をハンマーで叩くような音が響く。

「なっ、なに⁉」

身を縮めた私が音のする方を見上げると、鳥が一羽。

木の幹にとまって、くちばしを木に激しく打ち込んでいた。

「あれが……キツツキ？」

私は野生のキツツキを初めて見た。

映像なんかで見た時はかわいい感じがしたが、実際には本当に誰かがハンマーで木を殴っているようなすごい音だった。

キツツキに気をとられていて、前を見たら七海はすでにどこかへ消えている。

「もう、鉄道のことになると、夢中になるんだから」

ショートブーツの私は雪に足をとられながら、ヨタヨタと雪道を急いだ。

そんな時、亮の言葉が頭に響く。

「やはり道東の冬のバカンスは長靴だったか!?」

木々の間に続く道を二百メートルほど歩くと、木がなくなって視界が開けた場所に出た。

ここが展望広場らしい。

七海は、広場の端に立ってカシャカシャとシャッターを切っていた。

少し呆れながら、私は七海の横へ歩いて行く。

「こんなところから、なにを撮って……」

そこから見えた光景にあ然となった私は、思わず言葉を飲み込んだ。

「なっ、なにあれ!?」

私は展望広場のフェンスを両手でつかみ、上半身を乗り出す。

展望広場の前には、北極や南極の写真で見たような、真っ白で平らな雪原が広がっていて、その中央には、古い石のアーチが十個くらい、横一線に並んでいた。

周囲にはなにも建物はなく、アーチ橋は雪原の真ん中にオブジェのようにたたずむ。

撮影に満足した七海は、フゥと真っ白な息を吐きながらささやいた。

「あれがタウシュベツ川橋梁よ」

「どうして、あんなところに古い橋が？」

ここからの撮影に満足した七海は、カメラのレンズにキャップをはめる。

「あれは帯広から十勝三股《とかちみつまた》まで通っていた『士幌線《しほろせん》』の中間にあった橋なの」

七海はそこで周囲の白い平原を指差して続ける。

「この糠平湖《ぬかびらこ》を作った時に、タウシュベツ川橋梁は湖に沈むことになったのよ」

そこで、私はどうして周囲が北極みたいなのかが分かった。

「えっ⁉　もしかして、ここ、湖が完全氷結しているの⁉」

「そうだよ。だから、ほらっ。あそこで釣りをしている人とかいるじゃない」

確かによく見ると、氷原には青や赤のテントがいくつか立っていて、氷に穴を開けて釣りをしているようだった。

「さて、行こうか！」

「どこへ？」

七海は展望広場から下へ続く雪道へ入っていく。

「ここまで来たら、もっと近くから見ておかないと」

私も知らないうちにテンションが上がっていて、七海の後ろから続いた。

「近くで見られるの!?」

「古くて倒壊する危険があるから、橋に触ったり渡ったりしちゃダメだけどね」

すぐに氷原に達した私達は、凍った湖の上に続く道を並んで歩く。

氷の上なんて聞くとグラグラしてそうな気がするが、割合しっかりしていて、雪の深いところを歩くよりは歩きやすかった。

ただ、私にしても七海にしても観光客丸出しで、そんな格好の人は誰もいない。

最初は遠くに見えていたタウシュベツ川橋梁がグングン大きくなってくると、歩く速度が速くなって、なんだかドキドキしてきた。

近くなってきたのでアーチの数を数えると、全部で十一個だった。

約三十分で最も近づけるところまで歩くことができた。

「まるで古代遺跡ね……」

そびえるアーチ橋のあまりの迫力に、私は言葉を失った。

元々はコンクリート製のアーチ橋だったが、経年と水による浸食で表面がかなり荒れていて、石を積み上げて作ったローマ建築のようだった。

見事なのはそのアーチで、まったく同じ形の連続が幾何学的模様で美しい。

七海が「危険」と言ったように、橋のあちらこちらが崩壊しつつあり、それがまた滅びの建築物としての美しさを醸し出している。

氷の上に立つ古びた橋は幻想的で、私達はじっとその姿を見上げた。

そして、七海は再びカメラで、タウシュベツ川橋梁を撮りまくる。

私もスマホカメラを使って、何枚かシャッターを切った。

亮や健太郎は、タウシュベツ川橋梁を見たことあるのかな?

この画像をあとで二人に送った時の反応が楽しみだった。

百枚近くシャッターを切った七海は、やっと納得してファインダーから目を外す。

「七海、すごい必死だけど、そんなに鉄道橋マニアだったっけ?」

目を潤ませている七海は、憧れの人でも見つめるように橋を見つめ続ける。

「だってタウシュベツ川橋梁は『幻の橋』だから……」

そのセリフには、私も魅かれる。

「幻の橋ってどういうこと!?　こうして見えているじゃない！」

　私は右手で橋を指差した。

「こうして見えている時もあるんだけど、タウシュベツ川橋梁は季節によっては、湖に沈んでしまうのよねぇ」

「えっ⁉　こんな大きな橋が沈むの⁉」

　カメラをしまいながら、七海は静かにうなずく。

「この糠平湖は水力発電用のダムなの。だから、湖の水量が増える春や秋に来ても、橋は水没しているから、まったく見えない。それにたとえ水量が少なくても、湖の真ん中にあるから、ここまで近づいて見られないことが多いしね」

「だから、幻の橋か〜」

　七海は私の方を向く。

「そして、数年後には、本当に幻の橋になるかもしれないし」

「どういうこと？」

　七海は崩落している部分を指差す。

「かなり浸食が進んでいるから、毎年、崩落部分が広がってきているらしいよ。だから、そのうち一斉に……ドカンと」

　七海は両手を使って、橋が崩れるさまを表現する。

「じゃあ、いつか見られなくなるかもしれないんだ」

「だからこそ、こうして『自分の目で見ておきたい』と思って来たの」

そこで七海は、例の駅弁のビニール袋を前に出す。

「遅くなったけど、タウシュベツ川橋梁を見ながら『あったか豚どん』を食べない？」

七海は銀色の断熱レジャーシートをポケットから取り出す。

これは札幌で買い物をした時に、買っておいたものだった。

私は少し困った顔をする。

「いや〜最初は『あったか豚どん』だったかもしれないけど、この寒さですっかり冷たくなっているはずだから、それをここで食べるのは……」

余裕の笑みを浮かべた七海は、あったか豚どんをレジャーシートの上に並べて、サイドについている黄色の紐を二つとも勢いよく引き抜いた。

「どうなるの？」

「まぁ、見てなよ」

二人でじっと並べられた容器を見つめていたら、お弁当からシュシュシュと音がしてきて、すぐに底から白い湯気が上がってくる。

「なにこれ!?」

「底に発熱材が仕掛けられていて、紐を引いたら温かくなってホカホカになるのよ」

そんなの「使い捨てカイロ程度じゃ？」と思っていたが、意外にもものすごい熱気で温められ、ブワッとフタが持ち上がってしまうのを箸でおさえたくらいだった。

すごいぞっ、ぶた八の『炭焼あったか豚丼』！

加熱は五分ほどだけど、おいしそうな匂いが周囲に広がって、こうして待っている間に口の中に唾が溜まってゴクリと飲み込む。

「ちなみに、どうして帯広は、名物が豚丼なの？」

七海は鉄道さえ絡んでいれば、だいたいのことは調べている。

「明治時代の北海道開拓時代に『寒い時に栄養のとれるもの』として十勝地方では養豚が盛んだったんだって。それで、東京で当時、流行っていた『うな丼』みたいにって感じで、こういうスタイルの『豚丼』ができたそうよ」

「なるほど。さすがによく知っているねぇ」

「駅弁も鉄道趣味には、とても重要なアイテムだからねぇ」

そう七海が笑っていると、加熱していた音が静かになった。

「そろそろかな？」

木目調のフタを開いたら、美味しそうな湯気がブワッと顔へ上ってきた。

『うわぁ～おいしそ～。いただきま～す‼』
私と七海は、タレがしっかりついた豚肉をご飯と一緒に口へ放り込む。
しょうゆと砂糖で味付けされた濃厚なタレの香りが、口いっぱいに広がった。
寒い場所でこんなに温かいお弁当が食べられるだけで幸せ。
私は七海の顔を見てニコリと笑う。
「いいコースじゃない！　七海トラベル」
私を見て微笑んだ七海は「でしょう～」と胸を張った。
そこで顔を見合わせた私達は、真っ白な氷原の真ん中で思いきり笑い合った。

第五章　好きなことと、できること

七海はタウシュベツ川橋梁からの帰り道、他にも残っていたいくつかの橋梁を道路からカメラで一つ一つ撮影した。そして最後に寄った「上士幌町鉄道資料館」の前で「やっぱり冬はやってないかぁ～」と、がっくりしていた。

ここには廃線になった「士幌線」の資料がたくさん保存してあるそうなのだが、開館期間は四月から十月までとのこと。橋が見える時には資料館は閉まっているので、別々に来なくてはいけないらしい。

そのあと、七海は「ついでに」と、とかち帯広空港近くまで足を延ばした。

どこへ行くのかと思ったが、やってきたのは雪の壁に囲まれた駐車場。

「着いたよ」

「どこに着いたのよ？」

ドアから外へ出ると、太陽は西に傾きオレンジに染まりつつあった。

七海が意気揚々と歩いていく先には、板を重ねるように作る「鎧《よろい》張《ば》り」の壁を持つ、こげ茶色の小さな駅舎が建っていた。

木造駅舎の脇には階段が数段あって、左右に広がるホームに続いているのが分かった。

「あれはホーム？　ということは、ここは鉄道の駅？」

一瞬、そう思ったのだが、なんだか活気がない。

比羅夫も無人駅だから偉そうなことは言えないが、それでも毎日列車がやってくる駅というものは、なにか「生きている」って雰囲気を感じるものなのだ。

七海を追って私も四畳半ほどしかないような小さな駅舎に入った。

中の壁を見上げた私は体を引きながら呟く。

「呪いの駅舎？」

私がそう思ったのは内側の壁を埋め尽くさんばかりに、定期券、名刺、切符、メモなどが折り重なるようにして貼られていたからだ。

「呪いじゃないわよっ」

七海に肩を右手でパンと突っ込まれた。

「ここへやってきた人達の願いが、この駅舎にこもっているんだから」

「やっぱり呪いの駅舎じゃない」

まったく理解できなかった私は、腕を組みながら首をひねった。

タウシュベツ川橋梁は鉄道ファンじゃない私でも文句なしに感動したけど、さすがにここはよく分からないぞ、七海トラベル。

「ここって廃止になった駅よね？」

「そうよ。帯広から広尾《ひろお》へ続いていた『広尾線』の駅で、約三十年前に広尾線自体が廃線になっちゃったからね」

廃止になった駅を鉄道ファンが訪ねてみたいのは分かるけど、そんなのハッキリ言って大量にあるから珍しくはないはずだ。

それこそ、七海ならあっちこっちの廃止駅へ行っているだろう。

なのに、七海は駅舎内をカメラでカシャカシャと撮っている。

「この駅のなにがいいの？」

カメラを顔から離した七海は、グルリと室内を見回しながら呟く。

「かつては『年間数百万枚の切符を売った駅』のわびさび感かなぁ～」

「えっ⁉　こんなボロボロ駅で、切符が数百万枚⁉」

「そうだよ。とあるテレビ番組で紹介されたことで、それまでは一年間にたった七枚しか売れていなかった切符が、年間三百万枚も売れるようになったの」

その数字には、さすがに私も驚いた。

「さっ、三百万枚⁉　テレビで紹介されただけで⁉　どっ、どういうことよ？」

「最終的に千三百万枚くらい売ったから、約五億の売り上げがあったらしいよ」

「せっ、千三百万枚⁉ 比羅夫の切符も、それくらい売れないかな？」

七海はアッハハと笑う。

「それは無理。駅名が全然違うから」

比羅夫をバカにされたような気になって、私はむっとした。

「なにが違うのよ？ 比羅夫にはちゃんと列車が毎日来るんだからね」

私を連れて駅舎の外へ出た七海は、上の壁をクイクイと指差す。

入って来る時には見えなかったが、そこには駅名が掲げられていた。

「幸福駅《こうふくえき》～～～‼」

七海はそのままホームへ向かって歩いていく。

「この駅名だったから、千三百万枚も売れたのよ」

「確かに……そんな名前の駅があったら、切符が欲しくなるよね」

ホームの脇には前後がなくなってしまった線路が残っていて、そこには帽子のようにすっぽり雪が屋根にのったオレンジの車両が停まっている。

「おっ、キハ22形がいる」

七海は横に並べられた板で作られたホームを、コツンコツンと歩きカメラを向ける。

私は、朽ち果てていっている気動車を眺めた。

「幸福駅って名前だったから『大人気になった』ってことか」

気動車を撮り終えた七海は、帯広方面を指差す。

「ここから二つ先に『愛国駅《あいこくえき》』って名前の駅があったの。だから『愛国から幸福へ』って区間の切符が売れまくったってわけ」

「そりゃ〜売れるわ」

七海はホームからさっきの駅舎を振り返り、よく見たら外の壁にまで貼りまくられていた、たくさんの切符や名刺を見つめる。

「きっと、あれは神社の絵馬みたいなもんなのよ。廃線になってからも、みんなは『幸福になれますように』ってお願いに来ているんだから……」

「そういうことか……」

胸にポッと温かくなるものがあった。

私も駅でコテージをやっているから、駅が愛されるのは「いいな」と思う。しかも、ここは列車が来なくなっても、まだ、みんなに愛されているのだ。

コテージ比羅夫も「いつかそんな存在になれたらいいな」と私は思った。

そこで、私は「そうだっ」と声をあげる。

「どうしたの？　美月」

「いいことを思いついた！」

私がニタニタ笑っていたら、七海は目を細める。

「絶対に変なことでしょう～？」

七海の期待に応えて、私は胸を張った。

「比羅夫の駅名を『幸福』に変える！」

すぐに右手を額にあてた七海は、呆れて「はぁぁ」とため息をつく。

「このSNS全盛期にそんなことやったら、コテージ比羅夫が炎上するわよ」

「そっ、そっかな～。いいアイデアと思ったのに」

「はいはい、ほら飲みに行くよ」

七海はテキパキとカメラをしまい、早足で駐車場へ向かって歩き出す。

私はそんな背中を「待ってよ～」と追いかけた。

七海の希望を聞いて「愛国駅」にも寄ってから帯広に戻った。

ちなみに愛国駅の方は近代的なコンクリート製の駅舎で、ホームには9600形蒸気機関車がブルーシートを掛けた状態で置かれていて、駅舎内には広尾線で使われていた貴重な鉄道遺産が展示されていた。

帯広に戻ってきたのは19時少し前で、辺りはすっかり暗くなっている。

帯広の町は賑やかで、たくさんの居酒屋やご飯屋の灯りで、町全体が煌々と輝いていた。

そんな町をキョロキョロと見ながら、徒歩三分ほどで今日泊まるホテルに着く。

予約は全て七海に任せていたので、私は着いてから泊まるホテルを知る。

「なかなか良さそうね」

私のテンションが上がったのは、一階には白い壁のビールダイニングがあったから。

ホテルの壁は二階から緑のタイルが貼られた五階建てのかわいい感じだった。

一階のビールダイニングの看板をチラリと見たら「帯広のクラフトビールが飲めます」と書かれていたので、私は「ここが七海の予約したいい場所ね」と思った。

フロントでチェックインを済ませて、私達はそれぞれの部屋に荷物を置きに行く。

大きなベッドで占められているシンプルな白いキレイな部屋で、旅行中に「ホテルの部屋でゆっくり過ごさない」という私達の旅にはピッタリだった。

「こういう小さな個室も作った方がいいかな？」

一応、宿泊業をやっているので、旅行中でもいいホテルを見ると、いつもそんなことを感じるようになった。

私は特にデイパックから荷物を出すこともなく、N－2Bジャケットのポケットに財布とスマホだけを入れ、ルームキーを持ってすぐに部屋を出る。

かわいい格好の七海だが、行動は私とほぼ同じ。

着替えることなくピンクのコート姿ですぐに部屋から出てきた。

私は、次の行動をするのに準備に時間のかかる友達と旅行するのは、ストレスが溜まるので避けている。やっぱり旅行のメンバーは、同じ行動スタイルの人がいい。

エレベーターに乗った瞬間、私は七海に向かってニヤリと笑う。

「一階にクラフトビールダイニングなんて、最高のホテルね」

だが、七海は不敵な笑みを浮かべてフフッと笑い返す。

「それだけじゃ～ないのよねぇ。このホテルを選んだ理由は～」

「えっ⁉　七海が予約した『いい店』って、一階のビールダイニングじゃないの？」

「残念でした～」

私の読みが外れたことが、七海は嬉しそうだった。

七海は、ロビーの受付カウンターに行って係員に言う。

「19時に予約した木古内、二名です」

「木古内様、お待ちしておりました。一ドリンクとおつまみがセットになっておりますが、ドリンクは旅の始まりのビール、ワイン、ソフトドリンクの中でなににされますか？」

振り向く七海に、私は間髪入れずに言う。

「もちろん！　旅の始まりのビール」

七海は「ＯＫ」と係員に向き直る。

「じゃあ、二人とも旅の始まりのビールでお願いします。それから、追加で二本同じビールをお願いできますか？」

「分かりました」

係員は後ろで繋がっているキッチンから、オレンジのラベルのついた三百三十ミリリットル入りの瓶を四本と、おつまみの入った透明カップを持ってきてくれる。

二本のビールを右手の指に挟み、左手におつまみを持つと、七海はホテルの外へ向かって出ていく。

「ちょ、ちょっとどこで飲むのよ？」

「せっかくだから、今日は外で飲もうよ」

「この寒いのに？」

「なっ、なにこれ!?」

玄関から歩道へ出た私は、思いきり驚いた。

ホテルの前の車道には、側面に大きな窓が三つ並ぶワンボックスカー一台分くらいの、大きな赤い馬車が停まっていたのだ。

馬車の下にはタイヤタイプの小さめの車輪が四つつけられていて、その前には足が太くて立派な栗色のたてがみを生やした馬が、一頭繫がれていた。

七海はビールを持ったまま、ジャーンと手をあげて紹介する。

「これが帯広新名物！『馬車BAR』だよ～」

そのセリフに、私は目を見開く。

「馬車BARって⁉ これに乗って飲めるの？」

「そうそう。さぁ、行こう～～‼」

七海は馬車の後ろ側に回り込んで、そこにいた黒いジャンパー姿の係員に挨拶する。

「こんにちは。二人、お願いしま～す」

七海の出した予約の紙を見た係員は上を指差す。

「二階席ですね。お足元に気をつけてどうぞ」

「ありがとうございます」

七海は最後尾のデッキにつけられた鉄のらせん階段を上がった。

私も赤いステップを蹴ってデッキにのぼる。

一階はロングシートタイプの黄緑のソファがあり、真ん中には長方形のテーブルが並んでいた。ちょっとした高級ラウンジといった雰囲気。そこを通り越して、サイドにロープの張られた狭いらせん階段を上がっていくと、そこには屋上席が広がっていた。

ウッドフェンスに囲まれて、ベンチが並ぶ。

オープンデッキなので、十字が通った帯広の通りがズバッと見渡せた。

「これは最高の見晴らしのバーね」

「私もそう思ったの。だから一度は乗ってみようと思ってね。指定席は一番前よ」

ベンチは大人二人が余裕で座れるくらいの幅で、二人の間には飲み物を置く正方形のテーブルがあり、左右には紺のチェックのブランケットが入ったバスケットが一つずつ置かれている。

私達の間のテーブルに、四本のビールとおつまみを並べて置き、大きなブランケットを出して膝に広げて掛けた。

「こういう気づかいってありがたいよね」

私は手触りのいいブランケットをなでて、「こうすれば冬でもホームでバーベキューができるかな」なんて思ってしまう。

19時になると、御者が馬に「はっ」と声を掛ける。

馬が重そうな客車を一歩一歩引っ張ると、蹄鉄がアスファルトを叩いて、ポッカポッカという音が街中に響き渡る。

馬車は馬の歩きに合わせて、ゆっくりと前後左右に揺れた。

私達のあとにも、何組か馬車バーに乗り込んできたが、みんな一階席に入ってしまったので、二階席に座っていたのは私達二人だけだった。

動き出したのを合図にビールの栓を抜き、瓶のままでカチンとぶつけた。

「「かんぱ〜〜い!!」」

瓶口に唇をつけてゴクゴクと喉へ流し込む。

「「くっは〜!!」」

こういうタイミングとリアクションが合うのも嬉しい。

「軽くておいしいね」

そういう七海に、私は「そうね」と頷く。

「麦の味がしっかり感じられて、クラフトビール好きにはたまらない味よ」

一緒についてきたおつまみは、チーズと枝豆と蒸したジャガイモだけど、素材がいい北海道だから、そんなものでもすごくおいしい。

冷凍おつまみばかりの居酒屋チェーンでは、絶対に食べることができない味だと思った。

馬車の走るコースは、帯広の夜の町中をグルリと回るように設定されている。

居酒屋の灯りが並ぶビル街を、馬車がポッカポッカと音をたてながら進み、冷たいけど気持ちいい風が吹いてくる。

普段高いところにある信号機が、すぐ近くを通過していった。

たまに酔っ払いのサラリーマンが、私達へ向かって手を振ってくれる。

「「お疲れ様で～す!!」」

声を合わせた私達は、瓶ビールを持ったまま手を振って応えた。

途中、おもしろかったのは、すごくカレーの匂いがしてきたこと。

ちょっとくらいじゃなくて、交差点全体がカレーの香りに包まれていた。

「なに、あれ！」

私が指差した先には、インドに建っていそうな、細かい装飾のされたベージュの正方形のビルがあった。一階に並ぶ窓や入口は、上が細くなっていく砲弾型で、それもとてもインドっぽかった。

「帯広名物『カレーショップ　インデアン』だね。帯広のソウルフードらしいよ」

七海に教えてもらって、私は「へぇ～」と感心した。

帯広に高いタワーや大きな公園があるわけじゃないけど、こうして、ゆっくりと町中を飲みながら回るのは、とても気持ちよかった。

駅前も通ってくれるのだけど、列車から下車して見た時とは、まったく違う気がした。

「なんか幸せ感じる〜」と私が言って、

「ビールを飲んでいるだけだけど、贅沢な感じがするよねぇ」

と七海は微笑んだ。

私はビルの間から見える暗い空へ向かって、両手を気持ちよく伸ばす。

「嫌なことも全て忘れられそう〜〜!!」

横を向いたら、七海は瓶ビールを両手で持って見つめていた。

「別に美月は『嫌なこと』なんてないでしょ?」

「そんなことないよ。例えばさ……」

とは言いかけたが、会社へ勤めている時にはあれほど頭の中にあった「嫌なこと」が、少し考えたくらいでは思いつかなくなっていた。

もちろん、コテージ比羅夫について、いろいろな悩みはある。

だけど、それは「全て自分のせい」だ。

宿に来てくれる人が少ない、泊まってくれた人からクレームを受けたなど、そんな悩みは自分が努力して解決しなくちゃいけないことだから、昔みたいに「嫌なこと」なんて言ってはいられないのだ。

そんなことを頭の中で考えていると、七海は口を尖らせた。

「ほらっ、ないでしょ？　美月には……」

「ないわけじゃないよ。でも、自分がオーナーだから『エリマネのバカ～』とか『会社はなにやってんだ！』とか言っていられないし……」

私が苦笑いをしていると、七海は肩を落として小さなため息をつく。

「いいなぁ。私にもイケメン付きのコテージくれるおじいちゃんが現れないかな？」

珍しくひがみっぽい七海に、私は言い返す。

「なに言ってるの？　七海は『新幹線アテンダント』って夢をつかんだんでしょう」

「……そうよ」

七海は瓶ビールを右に左に回しながらつぶやく。

「七海は大学生の時『ずっと新幹線に乗っていたい』って言っていたじゃん。私なんて中学校くらいで夢を諦めたよ」

「美月の夢は、なんだったの？」

「女子としてはベタで『ケーキ屋さん』になりたかったのよねぇ」

「それは頑張れば、今からでもなれるんじゃない？」

私は笑いながら手を左右に力なく振った。

「いやいやいや、パティシエには『才能がいる』って。今、コテージ比羅夫で亮の料理作りを見ているだけでも、自分の料理の才能のなさを痛感しているから……」

思わず「亮」とか言ってしまったので、そこに食いついてくるかと思ったが、七海はボンヤリしたまま馬車の揺れに身を任せていた。

しばらく黙っていた七海は、グッと瓶を握って悔しそうに静かに言った。

「むいていないっていうのは、自分が好きな仕事の方がつらいよ……」

グッと奥歯を噛んだ七海の瞳に、きらびやかな帯広の夜景が虚しく映った。

会った時から少し様子がおかしかった原因は、これだったのか……。

「……七海」

なんて声をかけていいのか分からなくなった私は、言葉を詰まらせてしまった。

お酒が入ったこともあって、七海は少しずつ話しだす。

「好きで始めた新幹線アテンダントだったのに……。いつまでたっても先輩達みたいに上

手くならないし、同期の中では売り上げは低い方で、後輩にさえ追いつかれる始末だし
……」

「でも……最初の頃は『天職よ』って、言ってなかった？」

「最初だけはね……。あの頃は良かったなぁ……」

七海は昔を思い出すように、じっと前を見つめている。

「じゃあ『スランプ』ってことでしょう？　たまにはそういうこともあるんじゃない？」

ゆっくりと瞬きをした七海は、首を力なく左右に振る。

「それじゃ……ダメなのよ」

「どうして？」

「調子がいいから売り上げが上がる。調子が悪い時は上がらないじゃね……」

すっと息を吸い込んだ七海は、潤んだ瞳を漆黒の夜空へ向ける。

「そんなのは……私がなりたかった新幹線アテンダントじゃないよ……」

その言葉は今の私の心にグッと響いた。

きっと居酒屋チェーンに勤めていた時なら、そんなに気にすることはなかっただろう。

だけど、オーナーとなったコテージ比羅夫で、やりたくないことはある。

勤めていた時のように「とにかく売り上げが上がればいい」とか「接客に時間を掛けるな」とか、そういうことはしたくない。

それは徹三じいちゃんがやりたくなかったことだろうし、自分もそうだった。

どんな仕事でも「お金がもらえればいい」ということはないだろう。

仕事をやる限りは、どんなやり方でもいいということはなく、自分の目指す仕事のやり方があるはずで、それが好きな仕事なら余計に理想とする姿があるはずだ。

その気持ちだけは、私にも伝わってきたのだ。

上を向いていた瞳にジワリと涙が広がり、深いため息を七海はつく。

「美月……。やっぱり……私、むいていないみたい……」

そこで、私を見た七海の目からは、すっと涙が流れ出して頬を伝った。

「新幹線アテンダント……」

無理に微笑もうとする七海の瞳からは、涙が次々にあふれ出す。

その表情を見るのは、友達として耐えられなかった。

いつもは明るい七海だけに、こういう表情を見るのが余計に辛かったのだ。

グッと心臓を掴まれ、私の瞳からも自然に涙がこぼれ落ちた。

「……七海」

私が泣いたのは「七海、可哀そう」ってことじゃなかった。

なにか……とても悔しかったのだ。

自分とは違って夢を実現した親友が、夢の舞台でうまくいかないことが……。

それは自分のことのように悔しくて、私は一緒に泣いたのだった。

私は腕を伸ばして七海の肩をグッと抱きしめて、自分に向かって一気に引き寄せる。

「そんなことないよ！　七海」

体の力が抜けていた七海は私に倒れ込み、小さな体が息を吸うたびに大きくなった。

私の腕に額をあてて泣きながら、今まで一人で溜め込んでいたことを吐き出す。

「もうダメなの……美月。むいていない場所で……努力するのは……しんどくて――」

こんな時、私にはできることがない。

だから、腕に力を入れて自分が想っていることを伝えた。

「大丈夫……大丈夫……きっと大丈夫だから……」

「……美月……美月……」

七海はまるで子供のように、私の名前を呼ぶだけだった。

だから、私も子供をあやすみたいに七海の頭を優しくなでた。

「そんなにすぐに答えを出さなくても……いいと思うよ」

そして、七海の耳元に向かって囁いた。

「あきらめるのは……いつでもできることなんだから」

その瞬間、七海の体からフッと力が抜けたような気がした。

そして、更に私にもたれかかるようにしたので、私はもっと力を入れて抱きしめた。

私はまだ夢の舞台にいる七海に、夢を追うことをあきらめて欲しくなくて……。

そして、そう想っている人が、少なくとも一人はいることを七海に伝えたかった。

「……ありがとう美月」

私は応えるように、また頭をなでた。

そんな私達をのせた馬車は、ポッカポッカと帯広の町をゆっくり進む。

今は、そうした静かな時間と少しのお酒があれば、それでよかった。

結局、七海の悩みについて話したのは馬車BARでだけで、その後はまったくなかった。

馬車から降りた七海は「変なこと言ってゴメンね」とすごく謝ってきた。

私はそのままでいいと思っていたが、七海は反対にムリして明るく振る舞っているように見えた。

翌朝、七海が計画した通り、ホテルのロビーに9時にキッチリ集合した私達は、荷物を持って帯広駅へと向かった。

今日もいい天気で、帯広の上には真っ青な空が広がっている。

北海道フリーパスで自動改札機を通り抜け、エスカレーターで1番線へと上がる。

「今日はどこへ行くの？」

大きなあくびをしながら聞いたら、すっかり元気になったように見える七海は、ピシッと釧路方面を指差した。

「鉄路の東の果てへ！」

なにを言ってんだか、やっぱりよく分からない。

「鉄路の果て〜？」

「私も初めてだから、どんなところか分からないんだけどね」

フロアに「特急おおぞら号　5号車　自由席」とステッカーが貼られた場所で立ち止ま

ると、札幌方面から真っ青に塗られた特急列車が近づいてきた。

七海はしっかりとカメラを構えて脇をしめる。

「特急おおぞら1号は、283系なのね」

七海が283系と言った車両も、昨日の特急とかちで使用していた261系と同じで、二階部分に運転台があり正面の真ん中に扉がついていた。扉の両側には縦に並んだヘッドライトが白く輝き、正面のLEDパネルには「おおぞら」と二匹の鶴が表示されていた。

車体が大きくなってくると、七海のカメラからシャッター音が鳴り続ける。

283系の側面は銀色で、ディーゼルエンジンの音が聞こえた。

屋根を見上げたら、マフラーから吐き出される真っ黒な煙が見えた。

やがて、減速した特急おおぞらは、ブレーキ音をあげながら帯広駅1番線に停車する。

乗り込んだ私達がデッキにいるうちにドアが閉まる。

床下からフィィとブレーキを外す音が響き、ウオォォとディーゼルエンジンの力強い音がうなりをあげ、おおぞら1号は9時21分に帯広を発車した。

デッキから客室に入った瞬間、七海は少しあきれたように言う。

「札幌から釧路へ向かう一番特急列車はガラガラだねぇ〜」

「まぁ、三月の平日に、旅行する人はいないから」

七海は車両の真ん中まで歩き、進行方向右側の二人掛けシートの窓際に座る。

「そう言えば、いつも右とか左とか迷うことなく座るけど、なにか意味あるの？」

七海の横の通路側に座りながら、私は気になっていたことを聞いた。

「当たり前でしょう～。私と一緒だと、いつもいい景色が見られると思わない？」

私はそう言われてハッとした。

「確かにそうかも……」

「これねぇ、大学生の時から、そうしているんだけど」

そういう七海に、私はちょこんと頭を下げた。

「ゴメン、気がつかなくて」

「私、列車から見える景色が大好きだから……」

七海は右の車窓を見ながら目をキラキラと輝かせる。

帯広から先の線路を走る特急おおぞらは、まるで終末世界を走る列車のようだった。

昨日よりもスケールの大きな雪景色が左右に広がり、そこに動くものはなにもない。

広大でなだらかな丘が地平線の果てまで続いている。世界には私達しかいないと思えてしまうような景色は、息を飲むほど幻想的で私と七海はじっと車窓を見つめていた。

七海が右側に座った理由は、白糠《しらぬか》を発車したらすぐに分かった。

それは沿線右側に、群青の海が広がる海岸沿いを走り出すからだ。

車から見た時より、列車から見た海の方が、なぜかテンションが上がる。

海が見えた瞬間、私達は車窓に手をついて『おぉぉ〜』と声をあげてしまった。

「北海道の冬の海って……絵みたい」

手前に雪におおわれた緩やかな丘があり、その向こうには輝く太平洋が広がっている。

その白と濃い青のコントラストは、絵の具で塗ったように鮮やかだ。

七海はカメラを構えて、カシャリカシャリと慎重にシャッターを切る。

「美月のセリフじゃないけど……。私はこういう景色を見ていると、嫌なことも全て忘れられそう」

そういう七海に、私はうなずく。

「忘れちゃいなよ。せめて、私といる時くらい」

気持ちを切り替えるように両目をつむった七海は、パッと目を開けて言った。

「そうだね！　そうする」

私はわざとらしくコホンと一つ咳払いをしてから話し出す。

「どんなに悔いても過去は変わらない。どんなに心配したところで未来がどうなるものでもない。いま、現在に最善を尽くすことである」

もちろん、七海は少し引いた目で私を見ている。

「なにそれ？　戦国時代の武将のセリフ？」

「パナソニックを造った、松下幸之助さんの名言……らしいよ。母さんがなにかの試合に負けた時に、私に言ってくれたセリフ」

「美月の母さんぽ～い」

「要するに『悩んだって解決しないんだから、今、頑張れよ』ってことらしいよ」

「それは、確かに美月の母の言う通りだ」

顔を見合わせた私達は、フッと微笑み合った。

冬の陽を浴びてキラキラ光っていた海が見えなくなったら、特急おおぞらの終点釧路。

おおぞら1号が、釧路1番線に到着したのは、10時58分だった。

釧路は、旅情感の漂う駅だ。

古い駅舎ビルに隣接している1番線のホームは、かつては大量の荷物を扱っていたらしく、幅十メートルくらいあって、雪が積もらないように大屋根がかけられている。

駅舎の壁には白地に黒で『くしろ』と書かれた、駅名看板が掲げられている。

蒸気機関車時代から使われているものが、今も残っているようだった。

「へぇ～『釧路駅』って、昭和のテーマパーク的な雰囲気なのね」

「嫌いじゃないけどね。こういう国鉄時代の駅に降り立つと『遠くへ来た』って気がするし」

ホームを一緒に歩きながら、七海はうなずく。

「さて、次に乗る列車まで約二時間半あるから、お昼を釧路で食べようか」

「釧路と言えば、名物はなに？」

1番線にあった改札口を七海は指差す。

「観光案内所で聞いてみようよ」

「なに？　七海トラベルは、調べていないの？」

七海は歩きながら、人差し指を振りながらしゃべりだす。

「えぇ～釧路駅と言えば、いわしのほっかぶり寿司、こぼれいくら！サーモンちらし、蟹三昧ちらしがベスト3でぇ――」

続けようとする七海の胸に、私は右手で素早く突っ込んでおく。

「駅弁だけじゃないのよっ！」

「鉄道に関することには興味が湧くけど、他のことはちょっとねぇ～」

七海トラベルは情報が常に偏りがちである。

私達は北海道フリーパスを自動改札機に入れて通り抜けた。

釧路駅の通路には、昔ながらの喫茶店、そば屋が並んでいて、時間が止まってしまったかのような雰囲気が漂っている。

そんな通路の手前に「観光案内所」と書かれた看板が見えた。

「あそこじゃない？」

観光案内所にはウッドカウンターがあり、椅子が二つ前に置かれている。

カウンターの向こうには、紺のブレザーをキッチリ着た係員の女性が座っていた。

「すみませ〜ん。駅の近くでなにか『おいしいもの』ってありますか？」

「お客様、釧路は初めてですか？」

「そうです」

ニコリと笑った係員は、たぶん六、七十歳くらいの人だと思うけど、ハキハキした言葉づかいで笑顔がとても素敵な女性だった。

こういう歳の取り方ができたらいいなぁ。

私は首元にオシャレにスカーフを巻く、その人を見ながら思った。

係員はスッと駅周辺の地図を広げる。

「では、釧路和商市場《くしろわしょういちば》などは、いかがでしょうか？」

「釧路和商市場？」

私が聞き返すと、係員は流れるように、別のパンフレットをとってパッと開く。

そこにはおいしそうな海産物がズラリと並んでいた。

「こちらでは最初にどんぶりご飯を買って頂き、それを持って市場内の鮮魚店で好きな具を買って頂き、それをのせて食べて頂く『勝手丼』が大人気です」

私と七海は『へぇ〜』と一緒に声をあげる。

「それって！　自由に具が選べるってことですか⁉」

私が前のめりになると、係員は目を細めて上品に微笑む。

「お値段はのせた具材によって変わりますが、各鮮魚店には、イクラ、うに、シャケ、ホタテ、タラコ、イカ、ボタンエビ、甘エビ、カニ子、マグロ、卵焼きなど、いろいろな具材が用意されておりますので、皆様、自分なりの丼を作られて楽しんでいらっしゃいますよ」

もちろん、今日の昼ご飯は即決定だ。

顔を見合わせた私達は、一緒に係員に頭を下げる。

「「ありがとうございました！」」

係員は「いいえ」と上品に応えた。

「駅から歩いて三分くらいですから」

私と七海はお礼を言いながら、パンフレットを受け取った。

駅から出て振り返って見た、横に広いレンガ壁の四階建て駅舎は、今ではあまりないスタイルだそうだ。

そんな駅舎を背にして、私達は雪のない歩道を教えてもらった通りに歩く。

キャリーバッグを引きながら、七海は首をひねる。

「あの観光案内所の女の人……。私、どこかで見たことがあるような気がする」

新幹線アテンダントの七海にならば、そういうこともあるだろう。

「北海道新幹線に乗っていたお客さんじゃないの？」

七海の顔は首を左右に振る。

「いや、そういう感じじゃないよねぇ～」

そこで「釧路和商市場」と看板の掲げられた白い建物の前に着いた。

ドアを押し開いて中へ入ると、威勢のいい声がワッと聞こえてくる。

中はまるで魚市場のようで、ロの字型に配置された通路の両側には、たくさんの鮮魚店が並んでいる。店頭には係員が教えてくれたような具材が、小さなプラスチックトレーにのせられて、ズラリと並べられていた。

他にもカニやシャケを専門に扱う店や、北海道産の昆布などを山積みにしている乾物屋や、普通のお土産を売っている店もあった。

釧路和商市場は漁港のミニテーマパークといった雰囲気。

「よしっ、やってみよう！」

私は「勝手丼」と横断幕がかかっているお店の人に声を掛ける。

「勝手丼二人分お願いします」

「丼の大きさはどうしますか？　大、中、小とあります」

「じゃあ、中を二つでお願いします」

お店の人は元気よく「あいよ」と言って、大きな炊飯器を開き丸い発泡スチロールの丼に、湯気が出まくっている白いご飯をパッパッと盛ってくれる。

とりあえず、丼ご飯のお金を払って、市場内を歩き出す。

すぐに各鮮魚店から「うちのイクラはおいしいよ」とか「開いたばかりのホタテがあるよ」とか声をかけられて、キョロキョロすることになる。

そこで、私達は別れて、それぞれで勝手に丼を作ることにした。

私は数軒見てから元気そうなおばちゃんのいた店に決め、サーモン、甘エビ、イクラ、イカなんかをのせてもらった。一つ一つの具材は少量だから安くて、完成したものは自分の好きな具材だけがのった楽しい丼になる。

市場の真ん中にはテーブルが並べられたスペースがあるので、そこへ戻って待っていたら七海も丼を持って帰ってきた。

テーブルにドスッと置いた丼を見て、私は呆れてしまった。

「なんなのよ……その欲望が渦巻く丼は？」

小さな丼からはエビの尻尾やマグロの身があふれだしていて、白いご飯が完全に見えなくなるくらいに、どっさりと具材がのっていた。

「ストレスからくる、めちゃ食い？」

「いま、現在に最善を尽くすことであるよっ」

「そこに使う？」

顔を見合わせた私達は、思いきり笑い合った。

ちょっと、気分が晴れてきたかな？

昨日よりも七海の笑顔にわだかまりがないような気がして、私は嬉しかった。

ワサビを溶いた醤油をサラリとかけて食べたら、「おいしい〜」の連発だった。

釧路は大きな港があって魚介類がどっさり水揚げされるので、どの具材もキラキラと光って見えるくらいに新鮮で、歯ごたえがプリプリなのだ。

私達はあまりのおいしさに、話をすることもなく一気に勝手丼をかきこんだ。

大満足で釧路和商市場を出た私達は、駅を目指す。

「釧路からどこへ向かうの？」

七海は私の顔を見てニカッと笑う。

「日本の一番東の端にある駅ってどこか知っている？」

私は早々と諦めて、首を振って両手をあげた。

「そんなの知るわけないでしょう」

「東の端にあるのは『東根室《ひがしねむろ》』って駅なんだけど、そこへ行こうと思うの」

少し七海トラベルのツアーが好きになってきていた私は、期待を込めて聞く。

「東根室にはタウシュベツ川橋梁みたいなものがあるの⁉」

自信満々の顔を浮かべたツアーコンダクターがコクリと頷く。

「なんにもないかもしれない」

急に頭が痛くなった私は、額に手をあてる。

「なにもないところに、なにしに行くのよ？」

七海はそう聞かれてきょとんとする。それから「さぁ」と言って、にこりと笑った。

「そんなの、そこへ行ってみないと分からないよ」

「いつも考えずに突っ走るんだから、七海は」

その時、七海が突然大きな声をあげた。

「あぁぁぁぁぁぁぁぁぁぁぁ!!　思い出した――!!」

「なんなのよ、突然」

私は引きながら聞き返す。

「さっき観光案内所にいた人よっ！」

なぜか七海は興奮気味だった。

「あの釧路和商市場を教えてくれた女の人のこと？」

なんども首を縦にふった七海は、目をキラキラと輝かせて私を見る。

「あの人は！　未だに破ることのできない、一日の車内販売最高売上を作った、伝説の新幹線アテンダント『小嶋美代子《こじまみよこ》』さんだよっ！」

「そっ、そうなの？」

七海のテンションの高さに、私はついていけない。

「そっか〜どこかで見たと思ったけど、私が研修で見た資料に出ていた人だ。資料の頃と比べて少しお歳を召していたから、すぐにわからなかったけど……」

「その小嶋美代子って人は凄いの？」

「凄いも凄い！　私達から見たら神様よ。サッカーならマラドーナって感じ!?」

私は「たとえがよく分かんない」と返した。

「だって、小嶋美代子は当時『夕方の東京から戻る新幹線では売り上げを上げるのはムリ』って言われていた山形新幹線内で、米沢名物の牛肉を使った駅弁を『ご家族との夕飯にいかがですか？』って車内放送して大量に買ってもらって、新記録を作ったんだから……。私達アテンダントの間では、いまでも話に出てくる伝説の人よ」

熱く語る七海に、私は提案する。

「じゃあ、挨拶していこうよ。小嶋美代子に」

「そっか〜だったら、サインもらっちゃおうかな〜」

テンションがめいっぱい上がった七海は、祈るように両手を組んだ。

そのまま駅の観光案内所へ直行したが、小嶋さんは交代していなくなっていた。

代わりに接客していた女の人に聞くと「小嶋さんは午前中だけだったの」と申し訳なさそうに教えてくれた。当然、七海はガックリと落ち込んだ。

どんよりとした雰囲気で自動改札機を通り抜けた七海は、天井から吊られた列車案内板を力なく見上げる。

「釧路13時26分発は……5番線ね……」

私達は近くのエスカレーターから下へおりて、誰もいない地下通路を歩き出す。

蛍光灯で照らされた通路の壁には、釧路周辺のすばらしい景色を切り取ったポスターがたくさん貼られていた。私達は一番奥まで歩いてから階段を上る。

ホームに上がると、右の5番線には車両全体が水色で塗られ、窓の下部分には白い花がちりばめられるように描かれた車両が停まっていた。

「キハ54形の流氷物語号のオホーツクブルー車両ね……」

列車を見たくらいでは小嶋さんと話せなかったショックから立ち直れないようで、いつものように大量に写真は撮らず、すぐに戻ってきた。

「じゃあ、行こうか」

私は前扉の横にあるボタンを押して、手動ドアを開けて中へ入った。

車内はアイボリーの通路を挟んで、左右に青い二人用シートがズラリと並んでいる。

昼間の根室行の普通列車に乗っている人は、十数人くらいだった。

二重窓になっているので、暖房がよく効いて暖かい。

夏は短いので古い車両には冷房はなく、天井を見上げると、国鉄をしめす「JNR」とマークの入った扇風機だけが設置されていた。

シートの柄が気になった私は、顔を近づけてみた。

「これ……ツルとかフクロウやハクチョウがシルエットで入っていて、かわいい～」

だが、同じシートを見つめていた七海は、突然クワッと目を見開く。

「これっ！　0系新幹線のシートじゃない！」

「0系新幹線のシート？」

まったく盛り上がらない私は、ボンヤリと聞き返した。

「このシートは東海道山陽新幹線に最初に導入された、丸い団子っ鼻が特徴の『0系』って新幹線のシートなんだって！　どうしてこんなところに⁉」

その瞬間、少し前の席から、女の人の声が聞こえてきた。

「数奇な運命をたどって、このシートが旅をしてきたからですよ」

声がした方を見ると、あの小嶋さんがこっちを向いて笑っていた。

一気に顔が明るくなった七海は、私を押しのけて小嶋さんの前へ駆けよって頭を下げる。

「私、小嶋美代子さんのファンなんです！」

「あら、こんな地方で、私のことを知っている人がいるなんて……」

小嶋さんが七海を見上げる。

ガチガチに緊張している七海は、軍隊の人みたいな感じで話しだす。

「私、木古内七海は、新幹線アテンダントをさせて頂いております！」

「まぁ、それで……」

「あっ、あの！　あの！」

緊張で口がうまく回っていない七海に、小嶋さんは優雅に手を動かして、すっと前のシートを指差す。

「せっかくですから、話し相手になってくださらない？」

パッと笑顔を爆発させた七海は、大きな声で応える。

「はい、喜んで！」

七海は「転換クロスシートね」と、小嶋さんの座っている座席の前の二人シートの背もたれを、バタンと前へ動かして四人席を作りだす。

「失礼させていただきます！」

大学生が初めて企業面接を受ける時みたいに体をガチガチにしながら、小嶋さんの前の窓際に、背筋をピンと立てて座った。

そんな七海を指差しながら、私は横に座って自己紹介する。

「私は七海の友達で、桜岡美月です」

「こんにちは、木古内さん、桜岡さん」

小嶋さんの動きは魅力的で、頭を下げるだけでも目で追ってしまうところがある。

「よっ、よろしくお願いいたします、小嶋美代子さん！」

相変わらず七海はガチガチに緊張していた。

居酒屋チェーン界に「神様」なんて呼ばれる人はいないしなぁ。

そうやって憧れの存在がある七海が、私はちょっとうらやましかった。

発車時刻の13時26分になると、発車ベルが鳴ることもなく静かに出発する。

床下からウゥ～ンっとエンジンの音を響かせながら、キハ54形が釧路市街を走り出す。

「どうして小嶋さんが、ここにいらっしゃるんですか？　確か昔は東京でアテンダント教育の指導とかされて、自分の経験を本にも書かれて講演とかもされていましたよね？」

小嶋さんは少し照れて笑う。

「アテンダント時代に知り合った人に、新幹線の中でプロポーズされてしまったんです」

「うわっ、夢みたいなお話ですね！」

自分の周りにはないだけに、そんな話が大好きな私は飛びついた。

「東京で暮らしていたんだけど、夫の父親が体を悪くしたので実家へ一緒に戻ることにしたのよ。その夫の実家が、この先の『厚岸《あっけし》』だったから……」

小嶋さんは進行方向を指差した。

「それで新幹線アテンダントを辞めてしまったんですか⁉」

「ええ、これが割合アッサリとね」

「新幹線アテンダントとして、すごく才能に溢れていたのに……」

車窓を見ていた小嶋さんは、優しい笑顔を見せる。

「素晴らしい後輩がたくさん育ってくれたから……かしらね」

七海は小嶋さんに聞き返す。

「後輩が育ってくれたから？」

「私にとって新幹線アテンダントは大切なものだったから、いつまでも続けたいとは思っていたの。でも、私の跡を継いで頑張ってくれる素晴らしい後輩がたくさん出てきてくれたから、私は『そんなみんなに任せよう』って思えたのよ」

そう聞いた七海は、少しだけ驚いたように見えた。

小嶋さんはシートに右手を置いてフッと笑う。

「そう言えば、さっきのお話だけど。このシートは東海道新幹線で最初に使用された『0

系』のシートだったんですよ」

七海は口を真っ直ぐに結んでいるので、私が受け答えする。

「へぇ～そうなんですね」

「だけど、数年して新型の『１００系』が導入されることになったのね。その時に『０系』のシートが大量に出てきたんですって。それを、『もったいないから』って、北海道で使われていた『50系』って客車に取り付けて使っていたそうです」

「じゃあ、廃品利用だったんですね」

小嶋さんはコクリと頷く。

「さらに、その『50系客車』も廃車になってしまったけど、シートだけ外して再利用することにして、この花咲線《はなさきせん》のキハ54形に付けたんですよ」

「うわっ、本当に数奇な運命。もったいない精神のおかげですね」

小嶋さんは「そうね」と上品に笑った。

大きな鉄橋を渡った花咲線は、東釧路《ひがしくしろ》で釧網本線《せんもうほんせん》と別れてさらに東へ向かう。

武佐《むさ》、別保《べっぽ》と順に停車しながら進むが、あっという間に沿線に民家はなくなり、乗っていたお客さんもどんどん下車していった。

このあたりから線路に向かって雪の積もった森が迫ってきて、列車は谷を抜けるように敷設されたレールの上を、右に左にカーブしながら走りだす。

花咲線は比羅夫周辺と同じで、一駅一駅がとても長くなかなか停まらない。

そして、先頭からファァンと響く警笛が、なん度も聞こえるようになる。

あんなに喜んでいたのに、緊張し過ぎたのか、七海はずっと黙っていた。

だから、私がコテージ比羅夫のオーナーとして経験した失敗談なんかをしていた。

尾幌《おぼろ》という車輪を外した貨車が駅舎代わりになっている、比羅夫と同じように片側にしかホームのない小さな駅を出た時だった。小嶋さんは雪原に続く林を見ながら言う。

「あらあら、もう尾幌を出たのね。やっぱりこうして楽しく過ごしていると、時間が経つのはあっという間ですね。私は一つ先の厚岸で降りますね」

その瞬間、黙っていた七海から「よしっ」と気合を入れるような声が聞こえた。

「あの！　伝説の新幹線アテンダントである小嶋さんに、お願いがあるのですが！」

背筋を伸ばし両手を拳にした七海からは、見たこともない気迫が感じられた。

「なにかしら？　私にできることだといいのだけれど……」

必死の形相の七海を前にしても、小嶋さんの表情は変わらず優しかった。

「私は好きで新幹線アテンダントになったのですが、むいていないようなのです」

「あら、そうなの？」

「才能がないことは分かっているのですが、それでも、続けたいと思っています……」

自信なくうつむく七海に、小嶋さんは微笑みかける。

「それはとても素晴らしいことですね」

再び顔をあげた七海は、真剣な目で小嶋さんの顔を見つめる。

「そこで、私がもう少し役立つ新幹線アテンダントになれるようなコツを、小嶋さんに教えて頂くことはできませんでしょうか！」

真剣な七海の顔をしばらく見ていた小嶋さんは、ボソリとたずねる。

「木古内さん。じゃあ、私とあなたとの違いって、なんだか分かる？」

七海は体を前へ倒して熱く語りだす。

「きっと小嶋さんは、ハキハキと声が大きくて笑顔を絶やさず、お客様とのコミュニケーション能力が高くて、売れる商品を選ぶ機転が利き、常に新しい販売需要がないかアンテナを張っていらっしゃったんだと思います。いや、それ以外にも――」

そこで、小嶋さんはすっと右手を挙げて、七海の言葉を遮る。

「もしかしたら……結果的にそうなったかもしれません」

「結果的に？」

小嶋さんのセリフの意味が分からなかった七海は首を傾げた。

「でも、新幹線アテンダントをうまく続けられた、たった一つのコツは……」

　そこで言葉を切った小嶋さんは、聖母のように微笑んだ。

「私が楽しんだから……だと思います」

　すっと背中を引いた七海は息を飲んだ。

「楽しんだから……。たったそれだけなんですか？」

　小嶋さんは確信をもってうなずく。

「そうですね。それだけで十分だと思います。反対にそれじゃないとダメじゃないかしら」

　黙っている七海に、小嶋さんは聞く。

「木古内さんは新幹線アテンダントを楽しめていますか？」

　七海はすぐに首を横に振った。

「いえ、最初の頃は楽しかったんですが、今は伸び悩んでいる売り上げを『なんとかしなきゃ』と焦っていて、あまり楽しめなくなりました。そうなると、新人の頃にはうまくいっていたこともできなくなって……私……私……」

目にジワッと涙を浮かべて言葉を詰まらせる七海に、小嶋さんは静かに言った。

「そんなの……止めてしまいなさい」

首を上げた七海の目からは、一筋の涙が頬を伝って落ちた。

「でっ、でも……新幹線アテンダントとして、売り上げをあげないと……」

「木古内さんのそういう想いが伝わってしまって、お客様が楽しめなくなってしまうものなんです。私は『幹事が嫌々やっている飲み会は、絶対につまらない』っていつも言ってきました」

小嶋さんはフフッと笑った。

膝の上に置いた両手にグッと力を入れた七海は、思い切って聞く。

「でっ、でも！　お仕事なんですから、嫌なことや、苦しいことや、泣きたくなることってあるじゃないですか。そんな時はどうすればいいんでしょうか⁉」

目からボロボロ涙を流す七海を、小嶋さんは動じることなくジッと見つめる。

「それを『貴重な体験』って思えばいいんじゃない？」

意外な言葉に、七海はフッと泣き止み聞き返す。

「貴重な体験？」

「どんな悲しいことだって、どんな苦しいことだって永遠には続かないわ。そういう体験は終わってから思い返してみると、『あぁ、そんなこともあったな』って思えるような、人生でも稀な時間のはずよ。それにその経験がムダになるわけじゃないわ」

小嶋さんが微笑むと、七海の顔に落ち着きが戻ってきた。

「あなたは十分に頑張っているわ。そして、それは好きな仕事をしていなければ感じることのない、少し贅沢な悩みでもあるのよ」

確かに小嶋さんの言う通りだ。

私がブラック居酒屋チェーン仕事で、売り上げが伸びなかったところで七海のようには悩まなかった。

七海がここまで悩むのは、その仕事が大好きだからだ。

そして、大好きなことを仕事にできている人が、この世の中でなんパーセントくらいいるだろう。きっと、本当に一握りの人だけだ。

だから、こうして悩めることも、きっと、幸せで贅沢なことなのだ。

少なくとも「好きなことを仕事にする」という夢の舞台に立っているのだから……。

小嶋さんは七海の右手をとって、自分の両手でそっと優しく包み込む。

「まず、あなたが人生を楽しみなさい。そうすれば、全てうまくいくわ……」

再び七海の目からは涙が溢れていたが、その顔はさっきと違ってキラキラと輝いていた。

そんな七海の顔を見ていた私は嬉しくなって、もらい泣きしそうになった。

そして、私には解決できなかった悩みを、こうして晴らしてくれた小嶋さんに、心の底から感謝していた。

七海は左手を小嶋さんの手に沿えて、しっかりと力を入れてうなずく。

「分かりました、小嶋さん。私、楽しんでみます！　仕事も！　人生も！」

「そうそう。木古内さんは笑っていた方が素敵よ」

優しく言う小嶋さんに、七海はうなずいて応えた。

列車は速度を落とし、長いホームを持つ駅へ入っていく。

「じゃあ、私は、こちらで失礼させてもらうわ……」

七海の手から両手を離した小嶋さんは、立ち上がり通路へ出る。

すぐに立ち上がった七海は、ピタリと上半身を折って頭を下げた。

「小嶋さん、ありがとうございました」

「いえいえ、私も久しぶりに、新幹線アテンダントのお話ができて楽しかったですよ」

通路を歩いて行く小嶋さんの背中に、私は声を掛ける。

「私、比羅夫って駅でコテージやっているので、もし、ニセコ近くにいらっしゃることがありましたら、是非、寄ってください！」

「分かったわ。その時は寄らせてもらいますね」

小嶋さんは手を振りながら、ホームへ降りていった。

七海は窓ガラスに手をつき、小嶋さんが駅舎の向こうへ消えるまで、いつまでも手を振っていた。

厚岸に一分ほど停車していた列車は、再び走り出す。

あまり車内にお客さんがいなかったのでシートはそのままにして、私は七海の向かい側に座った。

少し顔を赤くしていた七海は、小嶋さんからもらった言葉を噛みしめているようだった。

厚岸を出ると、すぐに右の車窓に絶景が広がる。

「うわっ、オオハクチョウの群れ！」

そこに広がったのは、厚岸湖《あっけしこ》という海と繋がっている汽水湖《きすいこ》。ドーム球場の半分くらいと言われる湖は真っ白に凍結していて、たくさんのオオハクチョウが舞い降りてきていた。

私達の乗った列車が近づくと、オオハクチョウが一斉に飛び立つ。

その壮大な光景はファンタジーアニメのワンシーンを見ているようだった。

「オオハクチョウは、ここで冬を越すらしいよ」

その少し明るい声で、七海が立ち直ったことは分かった。

「よかったね、七海」

「うん、ありがとう、美月」

私は首を左右に振る。

「私はなにもしてないよ」

「そっか、そうだったね」

七海はグッと両手に力を入れて叫んだ。

「よしっ！　残りの休暇を楽しむぞ――――!!」

厚岸湖を後にすると、花咲線は、雪に完全に埋もれた荒野を走り出す。

そうすると、今までよりも運転士がピィィと気笛を鳴らすことが多くなった。

「なんで、そんなに警笛を鳴らすんだろう？」

右の車窓から外を見た私は、叫んだ。

「うわっ、エゾシカだ！　エゾシカが線路近くを走ってる！」

七海は「本当だ」とカメラを構えてエゾシカを追った。

でも、そんなに必死にならなくても、エゾシカは次から次へと車窓に現れる。

よく見ると、遠くの丘の上の小さな黒い点々も全てエゾシカらしく、ゆっくりと移動しているのが分かった。さらに空にはワシが優雅に舞い、キタキツネも現れた。

「エッ、エゾシカが……群れで走っている」

驚いたことに線路沿いを、茶色のエゾシカの群れが並走し始めた。

晃さんから聞いていた時は、あまりピンと来なかったが、こうやって実際に大量のエゾシカを見ると「これでは食べ物に困って、作物を食いあらすだろう」と実感した。

別当賀《べっとが》の雪原付近なら、人間よりも圧倒的にエゾシカの数の方が多く、線路の右にも左にも次々現れて、列車を追いかけるように走ったりした。

エゾシカの中には列車に慣れてしまって、怖がることもなく線路に入ってきて、悠々と列車の前を走ったりする奴もいる。だから、運転士は衝突しないように、減速してさっきみたいに警笛をなん度も鳴らしていたのだった。

七海は警笛に耳をすませる。

「そう言えば、花咲線用のキハ54形の気笛は、『シカブエ』と呼ばれるホイッスルに交換されているって聞いたことあったよ」

「こんなにいたら邪魔で走れないもんね」

そう言った私に向かって、七海が説明する。

「大人のエゾシカって体重が二百キロ前後あるから、いくら列車だとしても衝突すれば、大きなダメージが車両に出るみたいよ」

「えっ⁉　そうなの？」

「しかも、エゾシカが急増してて、花咲線で衝突しそうになった報告件数って、確か五百件くらいあったはず」

私は「あぁ〜」と声をあげた。

「エゾシカが増えているのは知っていた」

「どうして？」

私がそんなことを知っていたことに、七海が驚いた顔をした。

「それにエゾシカは、とってもおいしいよ」

「おいしいの？　野生のエゾシカなんて……」

いぶかる七海に、私はニヒヒと笑う。

「じゃあ、今度うちに泊まる時は、コテージ比羅夫特製ジビエ料理コースを振る舞ってあげるから〜」

その時、列車は海岸ギリギリの高い崖の上をゆっくりと走り出す。

車窓から遠くまで青い海が見渡せているのは、ここが断崖絶壁だからだ。

「ここは落石海岸《おちいしかいがん》って言うみたい」

七海がスマホの地図で調べながらつぶやく。

右の車窓にしがみついて見た、雪に埋もれている砂浜に打ちよせる白い波のコントラストは、見たことのない息を飲む美しさだった。

そんな海に、テーブルのような真っ平らな白い島が浮かんでいる。

「あの島は？」

スマホを見ていた七海に聞く。

「あれはユルリ島だって」

「ユルリ島〜？」

変な名前に私達は顔を見合わせて笑った。

太陽を受けた雪は白く輝き、海は深い青色に眩しく光る。

そんな道東の大自然を見ながら、私達は幸せを感じていた。

第六章　鉄路の果ての駅

次の日の朝、私達は早朝5時に駅前ホテルのロビーにいた。

もちろん、昨日の夜も盛り上がり、根室のおいしい魚介類を肴に遅くまで飲んでいたのにもかかわらず、こうして早朝出発にしたのは七海の思いつき。

「おはよう～」

大あくびをしながら、私は七海に挨拶する。

「さぁ、最東端の駅へ行くんだから、テンション上げないとっ！」

私に反して七海は、すっかり元気になってイケイケドンドンモードになっていた。

玄関から外へ出ると、顔に大量の氷水をバシャッとかけられたみたいな冷たさに襲われ、少し残っていた酔いでさえ吹き飛ぶ。

『さっ、寒っ!!』

二人で同時に叫んで自分を自分で抱きしめた。

確か氷点下の環境にも耐えられると聞いたN－2Bジャケットに覆われている上半身はいいが、露出している顔や足は冷水に浸けているかのよう。

七海もタイツを履いていたが、ミニスカートでは無理がある。

比羅夫も寒いが、道東根室の早朝の寒さは異次元レベルだ。

「さぁ、行くよ!」

私達は空が明るくなりつつあった根室の町を歩いて駅を目指す。

「こんな時刻なのに、もう明るくなっている」

空を見上げる私に、七海が体を震わせながら教えてくれる。

「根室は日本で一番早く陽が昇る町だからね」

車が走る部分は除雪されていたが氷結して街灯の光でキラキラ輝き、歩道部分は降った雪が凍りついて、町は氷の魔法使いによって支配された城のような雰囲気。

人が歩いた足跡も凸凹のまま完全に固まってしまっているので、とても歩きにくい。

しかも、根室では雪ではなく氷なので、気を許したらズルッと滑る。

「小さな歩幅で足の裏全体を路面につける感じで歩いてくださいね」

一応、昨日フロントの人に聞いた方法を実践すると、まるでペンギンのようになる。

だが、こうしないと、滑って地面の固い氷で尻や頭をうつことになるのだ。

私と七海は口から白い息をモウモウと吐きながら歩道を歩く。

こんな朝早い時間だが、すでに駅の電気は点いている。

根室は無人駅ではないので、駅員に切符を見せて改札口を通り抜ける。

「根室が最東端の駅じゃないのね」

七海は空中にクルンとカーブを描く。

「根室の町へ入る前に、線路が大きく東側にカーブしていて、その中間に『東根室』があるからね」

一つしかない乗り場にはキハ54形が停車していて、ホームにエンジン音が響いている。

私達は寒さから逃げるように、始発列車に乗った。

「やっぱり列車は最高！」

私達はガラガラの車内で、一人で二人用シートを占拠して背もたれに背中を預けた。

5時31分になると、ブザーが鳴ってドアがガコンと閉まる。

すぐに列車はドドドッと爆音を鳴らしながら、単線を走り出した。

ガラガラとは言っても、比羅夫の一番列車と同じで三人くらいお客さんが乗っている。

釧路へ勤めている人なら、この列車に乗らなくてはいけないのだろう。

目指す東根室までは、列車で三分。

やっと加速してスピードが出たと思ったらブレーキがかかって停車した。

「よしっ、降りるよ！」

七海はカメラを両手で抱えて、前のドアからホームへ飛び出す。

私もショートブーツで歩くと、除雪されていたホームの床がカコンカコンと鳴った。

「おっ、板切れ駅！」

七海は板を横に並べて作られたホームをカシャリとカメラで撮った。

ホーム中央に「日本最東端の駅」って書かれた古い看板が立っている。

「これが日本最東端の『東根室』駅……」

無人駅で車両一両分のホームには、駅舎もトイレも屋根もない。

東根室のホームは小高い場所を走るカーブの外側にあって、そこに立つと周囲に広がる雪原や、その奥にある住宅街が見渡せた。周りに何もないので、駅は雪原に浮かぶ孤島のようだった。

ホームのフェンスに両手をおいて、雪原を見たらなにかと目が合った。

一瞬、犬かと思ったが、大きな耳と少し赤みがかった黄色っぽい毛が見えた。

「キタキツネ！」

私が指差すと、七海は「どこ⁉　どこ⁉」とレンズを振り回す。

だけど、キタキツネはタタッと雪原を駆け抜けて、茂みへ消える。

雪の上には三つに分かれた枝のような足跡が、点々と続いていた。

少し行ったところには民家もある駅前なのに、こうしてキタキツネが出迎えてくれるところが、道東って感じがする。

駅の真上の空には強い光を放つ星が残っていて、夜と朝が入り混じったような紺色だったけど、東側の空は下からオレンジ色になりつつあった。

一通りホームの写真を撮り終えた七海は、カメラを肩に掛けながら戻ってくる。

「本当になにもないじゃない」

あきれる私に、七海は言う。

「なにを言っているのよ。私達はこうして最東端の東根室に来たから……」

そこで少しもったいをつけてから、七海は微笑む。

「東根室には『なにもない』ってことを自分の身で感じられたじゃない」

きっと、それは小嶋さんの話を聞いてから、感じられるようになった感覚だった。

「それも貴重な経験か」

「そういうこと〜」

私と七海はホームのフェンスに肘をついて、明るくなってきた東を見つめた。

私は東の空を見ながらつぶやく。

「やっぱり突っ走る方が、七海らしいと思うよ」

「なによ？　私がなにも考えていないみたいに」

七海も同じ空を見ながら答える。

「だからこそ、こうして冬の早朝に、東根室のホームにいるわけでしょ？」

「きっと、美月は将来感謝するよ〜」

「誰に？」

私が聞き返すと、七海はこちらを向いたので目が合った。

「私に」

「どうしてよ？」

七海は板切れホームを見渡す。

「きっと、美月がここへ来られるのは、人生最後になるかもしれないから……」

私は微笑んで答える。

「そんなことないよ。比羅夫から一泊二日で来られるんだから、根室までは」

「それがねぇ。この『花咲線』は廃線になるかもしれないの」

思いもよらない七海の言葉に声が大きくなる。

「えっ⁉　最東端の駅のある路線が、廃線になるの⁉」

「だって、あんなに乗車券が売れていた愛国駅や幸福駅のある広尾線も、タウシュベツ川橋梁のあった士幌線だって廃線になったし。この花咲線は『単独では維持困難な線区』に入っているからねぇ」

そう言われてみると、突然感慨深いものに見えてくるから不思議だ。

いつもは思わないことだけど、観光で行く駅に二度寄ることは少ない。

確かに、ここに下車するのは、人生で最後かもしれなかった。

いつも「永遠に続く」と感じていることが、ほんの少し流れが変われば失われてしまい、それは二度とできなくなる。

当たり前と思っていることこそ、大事にしなきゃいけないってことなんだろう。

その時、東の空がキラリと光り、朝日が差し込む。

「夜が明けるよ……美月」

「そうだね……七海」

私達は黙ったまま、日本で一番早い朝の空を見つめた。

納沙布《のさっぷ》岬の方角から昇る朝日は、美しかった。

「私、新幹線アテンダント、もう一度楽しんでみるから」

「それがいいよ、七海には向いているから」

少し黙ってから、七海はつぶやく。

「ありがとう……美月」

「どういたしまして」

東根室は身を切るような寒さだったが、私達の心は温かかった。


そんな泣いて笑った正月休み旅行から、私はコテージ比羅夫に戻った。

玄関を開けデイパックを下ろして大声で言う。

「ただいま――!!」

リビングへ出てきたコックコート姿の亮が、いつも通りの不機嫌そうな顔で言う。

「なんだ……もう帰ってきたのか」

相変わらずのぶっきらぼう。別に早く帰ってきたわけじゃないし、几帳面な亮は、私が戻ってくる日を忘れるなんてことはないだろう。

だけど、そんな亮とのやり取りが「帰ってきた〜」と感じる瞬間だった。

「なにか変わったことなかった？」

靴を脱いでいるうちに、亮は私のデイパックを運んでくれる。

「なにかあっても、俺さえいれば……なっ」

「まぁ、コテージ比羅夫には、亮さえいれば安心だからね」

私が笑いかけると、亮は少し口を尖らせて向こうを向く。

「美月がいないと、俺が休めなくなるだろ」

「じゃあ、少しは役にたっているのね、私」

背伸びして亮を見たら、逃げるようにして廊下へ向かって歩き出す。

「少しはな……。これ、オーナー室へ運んでおくぞ」

タンタンという足音が遠ざかっていく音も、心地いい。

ほんの四日間、ホームを離れただけなのに……。

コテージに入った瞬間から少しウキウキしていた私は、ジャケットをぬぎながら、薪ストーブ前のお気に入りの椅子に「ふぅ」と座る。

今日もコテージ比羅夫には、ゆったり時間が流れている。

まるで同じゆるやかな時間が、繰り返されているかのよう……。

何年、何か月経っても、ホームは変わることがないような気がした。

オレンジに輝く薪ストーブに冷えた両手をかざしていると、亮がリビングへ戻ってきた。

「今日の予約って入っていたっけ？」

私の横のテーブルに、白いティーカップを置いてくれる。

「いや、週末まではノーゲスだな」

「そっか〜、じゃあ、週末までは、ゆっくりできるのか〜」

カップを持って唇に近づけると、亮が完璧に入れてくれた紅茶からは、薄っすらとブランデーの香りがした。

「お客さんが来ないことを、オーナーが喜んでいていいのか？」

テーブルの反対側に座った亮が、突っ込む。

「どんなに心配したところで未来がどうなるものでもない」

胸を張って言う私を見て、亮はあきれる。

「旅先で悪いもん食ったか？」

私は首を左右に振った。

「とても、気持ちいい……正月休みだったよ」

「そうか……じゃあ、よかったな」

いつもと変わらない顔で、亮は私に向かって言った。

そんなホームに、いつも通り一分も遅れることなく今日も列車がやってきた。ドアが開いた瞬間に大きなキャリーバッグを持った人が下車してくる。

新たに始まりそうな物語の予感に、私の心は高鳴った。

作品中の鉄道および電車の情報は
2021年1月のものを参考にしています。

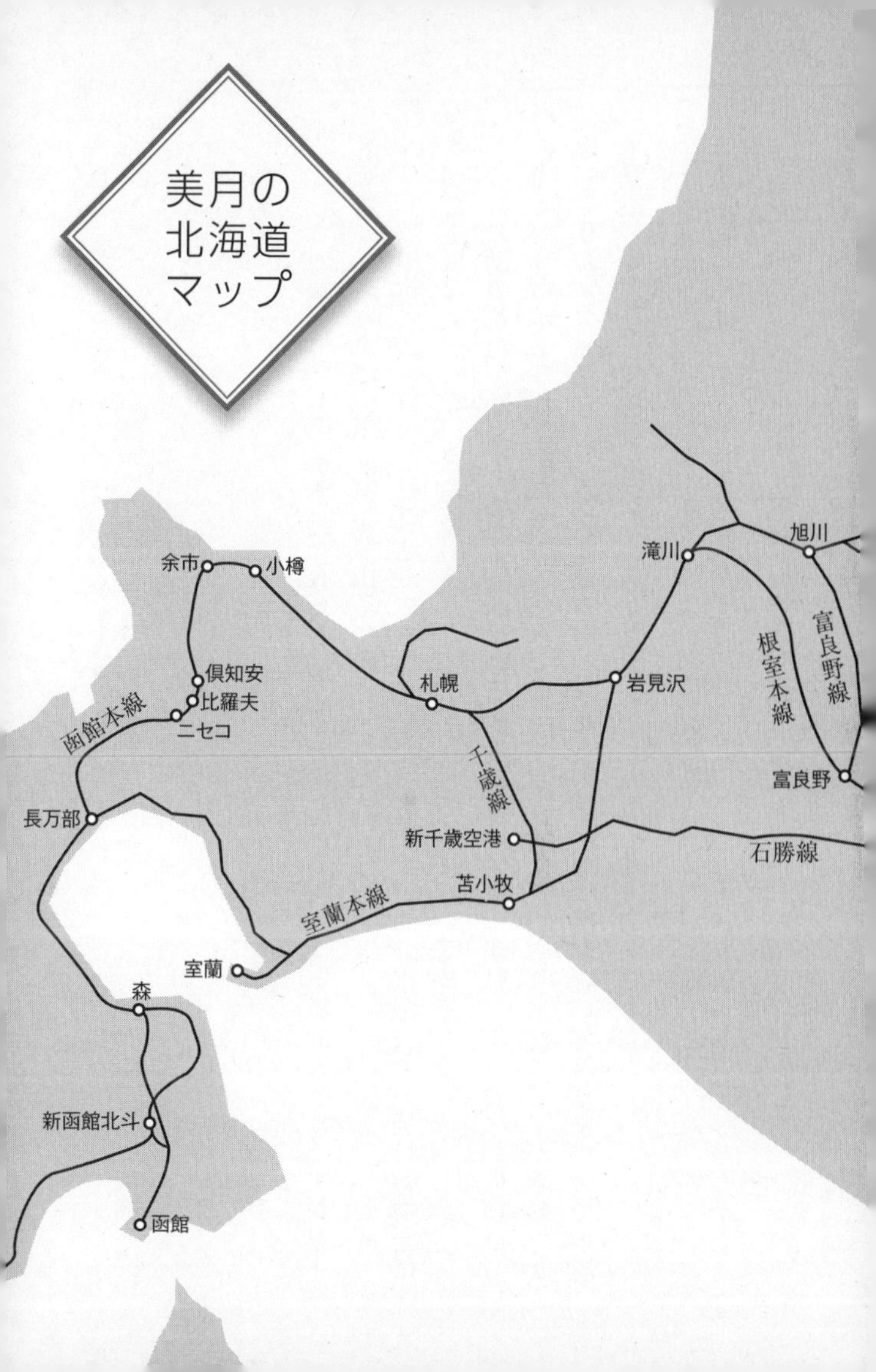
美月の
北海道
マップ
余市
小樽
倶知安
比羅夫
ニセコ
函館本線
札幌
岩見沢
滝川
旭川
富良野線
根室本線
富良野
千歳線
新千歳空港
石勝線
長万部
苫小牧
室蘭本線
室蘭
森
新函館北斗
函館

あとがき

こちらの本を手にとってくださりありがとうございました。「駅に泊まろう！」シリーズを書いております、小説家の豊田巧です。

ここ数年体にムチ打って打ち込んできた文芸作品の中で、この比羅夫《ひらふ》での美月《みつき》の物語にポッと小さな火が灯り、二巻を出せることになりとても嬉しく思っています。

このお話の舞台となっています北海道の函館《はこだて》本線「比羅夫」には、本当に「駅の宿ひらふ」という宿があります。本来でしたら「皆さん！　今すぐ泊まりに行ってください」と思いきりおススメするところなのですが、今はまだ大変な状況が続いておりますので小説で我慢いただき、状況が改善したら是非お訪ねくださいませ。

「駅の宿ひらふ」http://hirafu-eki.com/

※小説はあくまでもフィクションで、実際の宿とはいろいろと違う箇所がありますことをご了承ください。今回も宿のご主人であります南谷《みなみたに》様に感謝させていただきます。

さて……今回は美月の家族のことを少し描きました。

例によりまして「こんないい加減な父親なんて……。」また、豊田がいつものように、いい加減なキャラクター作って……」と言われそうですが、これも実在します。

美月の家族は私の家族をイメージしておりまして、中で出てきた「ネズミ駆除爆発事件」は、数十年前に奈良の田舎のニュータウンで実際にあったことです。

父は工場のラインも設計するバリバリの理系の理論派なのですが、どうも化学方面は弱いらしく「ガソリンはメラメラと燃える」と思っていたようなのです。

確かに焚火にガソリンを撒いても、ボッと大きな炎が上がるだけで爆発しないのですが、下水道などの密閉空間で気化したガソリンに引火すれば、もちろん爆発します。

本当にこの時は大きな爆発音が響き、下水道マンホールのふたがドンと上がっていました。

幸いなにかを破損することもなく、本当に田舎の一軒家だったのでご迷惑をおかけしませんでしたが、今ならＳＮＳに動画が上がって大騒ぎだったのではないでしょうか？

うちの家族は私が「一番つまらない」と言われてしまう、こういった驚くようなエピソードに常にあふれている滑らない人達ばかりで、いつか「豊田家の人々」として書こうと思っていたのですが、今回は美月の家族エピソードとして少し描いてみました。

ですので……少し年齢設定は違うのですが、我が家の事実を多く含んでおりまして、あれもこれもウソではないのです。本当に夫婦とは分からないものですね。

そして、後半に登場した「木古内七海《きこないななみ》」は、実は以前に書いた『レールアテンダントガール』で登場したキャラクターです。調べていくと車内販売を担当するアテンダント業務は奥深く書いてみたのですが、残念ながら一巻でレーベルそのものがなくなってしまい、とてもいいキャラクターだったのが残念で、こっちへ再登場してもらいました。

そんな木古内が美月と向かったのは「冬の道東」なのですが、皆様、事態が鎮静化したら、こちらにも是非、行っていただきたい。初めて北海道へ行かれる際には、札幌《さっぽろ》、函館、小樽《おたる》、旭川《あさひかわ》、釧路《くしろ》などの大都市へ夏に行かれることをおススメしますが、やはり慣れてこられましたら冬の稚内《わっかない》、網走《あばしり》、釧路、根室《ねむろ》がいいと思います。

もちろん、青々と草木に覆われた北海道の大地も美しいのですが、全てが白い雪と氷に埋めつくされ、風の音しかしない冬の北海道も神秘的です。また、凍りついた町で飲む冷えたサッポロクラシックと北海道料理は、夏とは違った美味《おい》しさがありますね。

道東はすごい勢いで自然が力を取り戻してきており、二時間くらい走る列車に乗ればエゾシカなら、必ず一頭以上見られると思います。私も取材で全国かなり行きましたが、自然を味わえる場所は日本で割合少なく、また、そうした「熊しか乗らない」地域を走る鉄道は廃止されることが多く、こうした路線はとても貴重だと思います。

実際問題として北海道の路線は、年々廃線、廃駅が続いており、いつまで稚内や根室へ列車で行けるか分からなくなってきているので、そうならないうちに是非。

さて、そんなこんなで無事二巻が出せましたことは、きっと、美月が読者の皆様に気にいられ、これからどう成長していくのかを楽しみにされているからだと思います。

私は比羅夫の地で続いていく、ホームにある小さな宿のお話を書いていきたいと思っていますので、皆様の引き続きの応援、よろしくお願いいたします。

では、またホームでお会い出来ますことを……。

二〇二一年三月　もうしばらく旅行は小説で……

この作品はフィクションであり、実在の個人・団体・
事件などとは、いっさい関係がありません（編集部）

光文社文庫

文庫書下ろし
駅《えき》に泊《と》まろう！　コテージひらふの早春物語《そうしゅんものがたり》
著　者　豊《とよ》　田《だ》　巧《たくみ》

2021年3月20日　初版1刷発行

発行者　鈴　木　広　和
印　刷　堀　内　印　刷
製　本　ナショナル製本

発行所　株式会社　光　文　社
〒112-8011　東京都文京区音羽1-16-6
電話（03）5395-8149　編　集　部
8116　書籍販売部
8125　業　務　部

落丁本・乱丁本は業務部にご連絡くだされば、お取替えいたします。
ISBN978-4-334-79168-1　Printed in Japan

組版　萩原印刷